共和国故事

大胆突破

——中国企业破产成为现实

董 胜 编写

吉林出版集团股份有限公司

图书在版编目（CIP）数据

大胆突破：中国企业破产成为现实/董胜编．—长春：吉林出版集团股份有限公司，2009.12

（共和国故事）

ISBN 978-7-5463-1804-2

Ⅰ．①大… Ⅱ．①董… Ⅲ．①纪实文学－中国－当代 Ⅳ．①I25

中国版本图书馆 CIP 数据核字（2009）第 236762 号

大胆突破——中国企业破产成为现实

DADAN TUPO　ZHONGGUO QIYE POCHAN CHENGWEI XIANSHI

编写　董胜

责任编辑　祖航　李娇

出版发行　吉林出版集团股份有限公司

印刷　三河市嵩川印刷有限公司

版次	2010 年 1 月第 1 版	2022 年 1 月第 10 次印刷
开本	710mm×1000mm　1/16	印张　8　字数　69 千
书号	ISBN 978-7-5463-1804-2	定价　29.80 元

社址　吉林省长春市福祉大路 5788 号

电话　0431－81629968

电子邮箱　tuzi8818@126.com

版权所有　翻印必究

如有印装质量问题，请寄本社退换

前　言

自1949年10月1日中华人民共和国成立至今,新中国已走过了60年的风雨历程。历史是一面镜子,我们可以从多视角、多侧面对其进行解读。然而有一点是可以肯定的,那就是,半个多世纪以来,在中国共产党的领导下,中国的政治、经济、军事、外交、文化、教育、科技、社会、民生等领域,都发生了深刻的变化,中国人民站起来了,中华民族已屹立于世界民族之林。

60年是短暂的,但这60年带给中国的却是极不平凡的。60年的神州大地经历了沧桑巨变。从开国大典到60年国庆盛典,从经济战线上的三大战役到经济总量居世界第三位,从对农业、手工业、资本主义工商业的三大改造到社会主义市场经济体制的基本确立,从宜将剩勇追穷寇到建立了强大的国防军,从废除一切不平等条约到独立自主的和平外交政策,从"双百"方针到体制改革后的文化事业欣欣向荣,从扫除文盲到实施科教兴国战略建设新型国家,从翻身解放到实现小康社会,凡此种种,中国人民在每个领域无不留下发展的足迹,写就不朽的诗篇。

60年的时间在历史的长河中可谓沧海一粟。其间究竟发生了些什么,怎样发生的,过程怎样,结果如何,却非人人都清楚知道的。对此,亲身经历者或可鲜活如昨,但对后来者来说却可能只是一个概念，对某段历史的记忆影像或不存在，或是模糊的。基于此，为了让年轻人，特别是青少年永远铭记共和国这段不朽的历史，我们推出了这套《共和国故事》。

《共和国故事》虽为故事，但却与戏说无关，我们不过是想借助通俗、富于感染力的文字记录这段历史。在丛书的谋篇布局上，我们尽量选取各个时代具有代表性或深具普遍意义的若干事件加以叙述，使其能反映共和国发展的全景和脉络。为了使题目的设置不至于因大而空，我们着眼于每一重大历史事件的缘起、过程、结局、时间、地点、人物等，抓住点滴和些许小事，力求通透。

历史是复杂的，事态的发展因素也是多方面的。由于叙述者的视角、文化构成不同，对事件的认知或有不足，但这不会影响我们对整个历史事件的判断和思考，至于它能否清晰地表达出我们编辑这套书的本意，那只能交给读者去评判了。

这套丛书可谓是一部书写红色记忆的读物，它对于了解共和国的历史、中国共产党的英明领导和中国人民的伟大实践都是不可或缺的。同时，这套丛书又是一套普及性读物，既针对重点阅读人群，也适宜在全民中推广。相信它必将在我国开展的全民阅读活动中发挥大的作用，成为装备中小学图书馆、农家书屋、社区书屋、机关及企事业单位职工图书室、连队图书室等的重点选择对象。

编　者

2010 年 1 月

目录

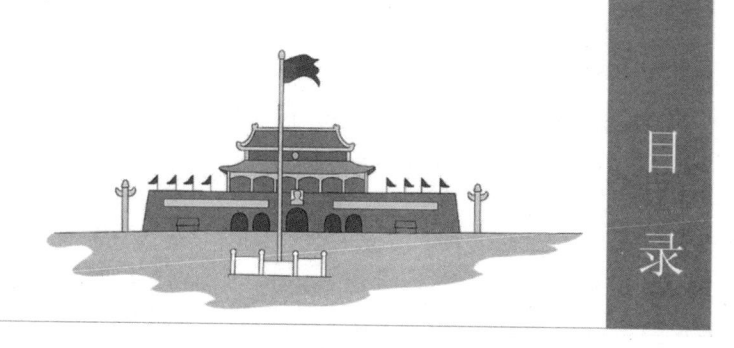

一、政策出台

《破产法》列入人大立法议程/002

曹思源组织起草《破产法》/006

国务院常务会议通过草案/010

召开座谈会征求意见/014

人大审议通过《破产法》/016

人大法工委阐释《破产法》/020

四城市实行企业破产试点/023

国务院下发补充通知/031

体改委强调贯彻"两法"/034

二、贯彻实施

武汉让电厂绝处逢生/038

内蒙古企改上新台阶/041

石家庄完成破产过渡/045

山东上海助企业解困/047

洛市矿务局创新模式/050

成都市优化产业结构/054

甘肃省对老企业实行破产重组/057

目录

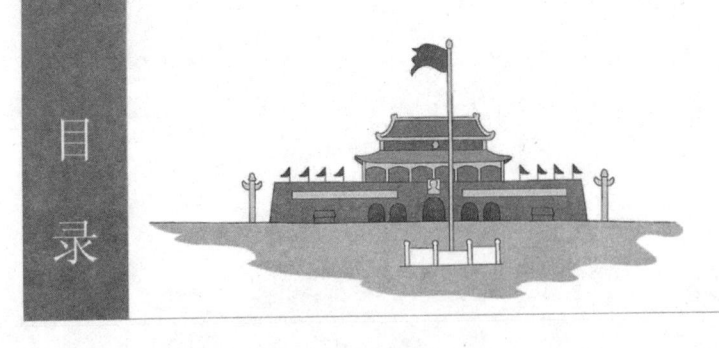

焦作实施"无震荡破产"/061
通过企业改制扭亏为盈/065
陕西破产企业重组上阵/069
无锡中院引入重整制度/073

三、再获新生

农民承包国企扭亏为盈/076
采取私营企业租赁方式/079
建立"新纺"盘活资产/082
蚌埠破产兼并求发展/085
深圳石化改造获新生/090
淄博市组织失业自救/093
破产厂长创建服饰品牌/096
联合破产企业重组集团/099
各地实施再就业工程/101
下岗工人向领导报喜/106
靠市场搞开发赢得用户/109
退休女工让供销社盈利/113
破产重组打造新形象/116

一、政策出台

- 全国人大常委会法制工作委员会负责人表示:"制定企业《破产法》,是适应社会主义有计划的商品经济发展和经济体制改革的需要。"

- 时任沈阳市委书记李长春作出批示:"破产倒闭是优胜劣汰的经济规律所致,不是行政上的关停并转,因此要注意体现债权人的意志……"

- 时任沈阳市副市长李中鲁指出:"经过一年的整顿与拯救,市衣机三厂和市五金铸造厂的经营状况有了较为明显的改善,故决定对其延长一年的整顿和拯救期。"

《破产法》 列入人大立法议程

1984年10月，中共十二届三中全会提出，社会主义经济是公有制基础上的有计划的商品经济。全会指出：

商品经济的充分发展，是社会经济发展的不可逾越的阶段，是实现中国经济现代化的必要条件。

商品经济是竞争的经济，优胜劣汰无法避免，必然会有企业破产。因此，在1984年12月29日，国务院批准成立了企业《破产法》起草小组。

早在1979年11月，邓小平就指出：社会主义为什么不可以搞市场经济，社会主义也可以搞市场经济。

1982年，曹思源从中国社会科学院研究生毕业后，被分配到中共中央党校。几个月后，曹思源被调入国务院技术经济研究中心。

在新的工作岗位上，曹思源所做的第一件事，就是把关于制定《破产法》的方案给国务院总理、副总理、国务委员、政治局委员等领导挨个寄去。他寄出去的这些信，起先并未引起有关方面的重视。

直到1983年年底，曹思源获知，胡耀邦指示国家经委和国务院经济法规中心对关于制定《破产法》方案加以研究，但是，这两个单位研究了几个月也没有下文。

虽然受到重重阻碍，但是，曹思源并不气馁。当时，第六届全国人大第二次会议正在召开。曹思源就找到当时的一位人大代表，极力向他阐述长期吃"大锅饭"对国家、对企业、对人民的危害是如何深重，以及必须实施《破产法》的理由。

最终，这位人大代表被曹思源说动了，于是他在人代会上提交了相关的提案，《破产法》由此被列入了国家的立法议程。

曹思源之所以一直热衷于《破产法》的制定、实施，这源于他早年的一段经历。

1974年，曹思源在江西景德镇市委党校工作。有一次，曹思源以一名市委机关工作人员的身份列席了市委召开的工交干部大会。

在会上，市委书记声色俱厉地批评了一家连年亏损的机械厂，并且宣布这家机械厂限期一年进行整顿，到时若不能扭亏，就取消市财政局所给的补贴。

一年时间转眼就过去了，这个机械厂依然没有扭亏。市委又召开了会议，市委书记又一次批评了这家机械厂，然而最后宣布的措施却仍然是"延长一年整顿"。

曹思源心里很清楚这位市委书记的尴尬，因为他手中尚没有对无法扭亏企业的最后处理手段。在这种情况下，"限期扭亏"必然变成"延期扭亏"，而"延期扭亏"必然变成"无限期扭亏"……长此以往，生产便走进了一个死胡同。

曹思源由于在市委党校工作，所以有机会看到别人看不到的材料。曹思源得知，当时企业亏损面实际已经达到40%以上。有的企业甚至从投产开始就亏损，已经亏掉了几倍于自身的投资。

"建立市场经济需要很多条件，关键的一条就是要有优胜劣汰的竞争机制。一定要优胜劣汰，才能推动技术进步。"

用什么办法淘汰失去生存价值的企业呢？"劣"的结果势必是破产，曹思源想到了应有一部相关的法律，比如说《破产法》来规范企业破产程序，公平清理债权债务，保护债权人和债务人的合法权益。

1979年9月，曹思源考取中国社会科学院研究生，得到于光远教授的指导。入学后的第二个月，曹思源就在一篇《论国有制改革》中提出了国有企业要走向自负盈亏的观点。

企业一旦自负盈亏，那就会出现破产。但是，谁来为破产企业的工人负责？在当时，中国还没有"失业"这一概念，更没有失业救济制度，也从没有一个职工因企业亏损而失去饭碗。这个问题把曹思源难住了。

破产企业职工失业救济金应当从何而来？向银行要吗？"救济金贷款"找不到还本付息者，银行绝不会出这笔钱，那么由国家财政负担吗？那岂不是依然躺在国家的怀里继续吃"大锅饭"?

直到有一天,幼年时代的一个小故事在曹思源脑中闪现。曹家曾经住的小木房有点倾斜,邻居七嘴八舌地出主意,但只有一个人表现得特别热心,这个人就是保险公司的工作人员。

年幼的曹思源隐隐约约地觉得,房子倒塌与保险公司的利益似乎有点什么关系。

此时,曹思源茅塞顿开:企业可按一定比例为职工提交保险金,一旦企业实施破产,这笔钱便可用来救济职工。

不久后,曹思源写出了其关于《破产法》的第一篇文章:《关于在竞争中发挥保险公司作用的设想》。在文中,曹思源提出了如何解决企业破产后职工生活来源的问题。

此时,在曹思源的脑海中"破产法"这一概念已经成形。他要做的,就是把这道防护国家资产的围墙一砖一瓦地修砌完整。

曹思源组织起草《破产法》

在中国从计划经济走向市场经济的艰难蜕变历程中，《破产法》的横空出世，是一个重要的蜕变节点。让当时作为国民经济主体的国有企业有生有死、优胜劣汰，这是一个重大的转变。

完成这一转变的经济学推手，正是曹思源。这位当时年纪最轻、级别最低的经济学者，因为对《破产法》的推动，从而获得了"曹破产"的美誉。

早在1980年12月20日，曹思源首次在《财贸经济丛刊》上倡导破产淘汰理论，提出部分国有企业长期亏损，由于人们普遍认为"社会主义企业永不破产"，它们靠财政补贴苟延残喘，导致贷款和补贴规模越滚越大，形成恶性循环。

曹思源认为，如果不对亏损的企业实行关、停、并、转，那么只会弄垮国家财政，使更有发展潜力的企业得不到银行的支持。破产问题，其实是经济改革的一大关卡。

在随后的5年时间里，曹思源陆续发表文章指出，中国如果想从计划经济转变到商品经济，企业必须成为独立的商品生产者，必须独立自负盈亏，这是打破旧的计划经济模式的重要标志。

不仅如此，如果不实行破产淘汰，落后的企业长期生存，不仅浪费社会资源，还会扭曲整个物价体系，价格改革也将陷入被动的局面。

曹思源说，制定企业《破产法》的目的是解决我国企业只负盈、不负亏的问题，使企业有竞争和自我发展的动力。

曹思源的观点，引起了国务院的关注。1985年，时年39岁的曹思源被调到国务院，担任《破产法》起草小组组长，主持起草《破产法》和失业救济法规。

在起草《破产法》期间，曹思源利用出差之机，在长沙，通过湖南省人民政府办公厅，组织了省直属各部门关于《破产法草案》（1985年9月稿）征求意见的座谈会。

在上海，曹思源又通过市政府法制处和《民主与法制》编辑部，联合召开了由部分企业、银行、法院、学术单位代表参加的座谈会，征求对《破产法草案》的意见。

在沈阳，曹思源考察了已受到"黄牌"警告的三家破产制度试点企业，与市政府商议扩大试点的工作。并为了配合这项工作，他在沈阳市体改委组织的千人大会上，做了《破产法》问题讲演。

在一个多月的时间里，曹思源又三易其稿，每一稿都是在起草小组对前一稿进行逐字逐句讨论的基础上修改而成的。

1986年1月20日，《中华人民共和国企业破产法（草案）》《企业破产救济办法（草案）》基本定下来了。

1月27日周一，他一上班，总理办公室就来电话，询问曹思源《破产法》的事情，询问起草工作是否已经完成，可否安排在本周五，即1月31日，国务院常务会议上审议。

这时，实际上《破产法草案》中还有少数扫尾工作没有完成。但是，曹思源一想：如果这么回答，本周就不可能安排上会审议，而下周的例会则可能临时有别的紧急问题需要研究而无法安排《破产法》，再下周，也可能总理出国访问……情况一变化，就可能使《破产法》的审议推迟很久，那就太可惜了。

所以曹思源就将扫尾工作打了埋伏，准备熬夜突击完成。于是，曹思源回答说："已经搞好了。"

就这样，在1月31日国务院第九十九次常务会议的议程中，《破产法草案》的审议占了一席之地。

放下电话后，曹思源便开始做会前的具体准备工作，包括代表《破产法》起草小组起草关于《中华人民共和国企业破产法〈草案〉》的说明等。

1月29日傍晚，国务院印刷厂将三个待议文件，即《破产法草案》、《破产救济办法草案》及"草案说明"校样送来。曹思源校对完文件，送回印刷厂，已是22时。

按常规，排字工人要到第二天，即30日上班改稿，经过三校三改，下午印刷、装订，一天也就过去了，文件便只能在 1 月 31 日开会之前，发到与会者手里。

曹思源考虑到，人们事前未及过目，如何审议呢？持有不同意见的人，只要说"这么厚的文件，我还没看完，无法表态"，谁也不能强迫他表态，《破产法》岂不是要流产？

没有别的办法，曹思源只好整个晚上待在印刷厂里，请值班的工人师傅连夜按校样改，他排出一稿，曹思源再校改一稿。三校下来，东方已露鱼肚白。早晨 8 时一上班便开始印刷，中午装订完毕，随后立即分送各位与会者，以便他们有一个阅读和思考的过程。

在紧张的工作之后，曹思源终于在会议审议前完成了相应的准备工作，耐心等候审议结果。

国务院常务会议通过草案

1986年1月31日，这是一个标志着《破产法》孕育成熟的日子。

9时，国务院第九十九次常务会议在中南海第四会议室举行。会议由国务院总理主持。出席这次会议的副总理有万里、姚依林、田纪云、乔石。

出席这次会议的国务委员和其他领导同志有方毅、谷牧、陈慕华、张劲夫、吴学谦、宋平、宋健、郝建秀、陈俊生等。大家围着中间的椭圆形会议桌就座。会议桌东西两边各有六七排长桌，由其他与会者大体按到会先后顺序靠前就座。

出席这次会议的还有特区办、计委、经委、财政部、人民银行、经贸部、公安部、商业部、机械部、轻工部、纺织部、电子部、航空部、兵器部、中国银行、审计署、海关总署、外汇管理局、外交部、民政部、劳动人事部、全国总工会、人大财经委、最高法院、最高检察院、人大法工委法规中心、工商局等有关部门的领导同志。

曹思源作为《破产法》起草工作小组组长，第一次出席国务院常务会议，是与会人员中最年轻、级别最低的"官员"。

曹思源有意到得比较早，坐在第一排，为的是对发言者看得清楚、听得清楚，便于做详细记录，也便于随时回答领导同志的询问。

曹思源后来回忆说：

> 记得那天最高人民法院副院长任建新同志到得也很早，法院作为执法机关，与《破产法》的关系可谓最密切，他也像我一样坐得很靠前。

列席这次会议的，有中央财经小组、中央书记处研究室、中宣部、体改委、广播电视部、发展研究中心、新华社、《人民日报》《经济日报》等方面的领导同志。

会议对《破产法草案》和《破产救济办法草案》的审议，可以说是十分顺利。顾明同志做起草说明，并逐条宣读两个草案。

之后，发言者对《破产法》的必要性、紧迫性等大的原则问题没有分歧，更没有去争论《破产法》是姓"资"还是姓"社"的问题。

在这次会议上，讨论得较多的是待业救济的发放对象，以及濒临破产而尚未破产企业的整顿时机问题。

当时，时任国家计委主任宋平说："企业达到破产界限，可以宣布破产，然后再整顿改组。我在波兰看到他们也是这样。"

这时，顾明接过话题说道："那也可以呀，就是说，先宣布破产，一种是可以整顿抢救，一种是直接破产……"

同一条意见，经过领导的表述，如果这时没有特别的异议，那就绝对定下来了，要写进国务院常务会议纪要，并按此精神修改《破产法草案》。

而曹思源认为，这条意见恰恰是行不通的，必须及时反对。

曹思源心想，如果不立即发言，会后就绝对无法纠正会议确定了的意见，按这种意见确定的破产程序，在实践中就要碰壁！

此刻，曹思源也顾不了别的，说时迟，那时快，便脱口而出："不行！"

随后，曹思源又重复了一句："不行！"然后站了起来，以示年轻人对与会首长的尊重。

曹思源说："如果先宣告破产再整顿，企业已经没有信誉了，它的整顿工作就无法进行。所以，只要能达成和解，有可能整顿的企业，在整顿这一期间绝不能宣告破产。一旦宣告破产，企业的订货没有了，原材料也采购不到了，贷款也贷不到了，那怎么行？整顿期间无论如何也不能给它戴个破产的帽子；如果整顿不好，再宣告破产。这个概念是非常严格的。一宣告破产，就完蛋了！"

曹思源的话音刚落，便引得与会者一阵哄堂大笑，国务院领导也笑了。从领导的笑容里看得出，大家接受了曹思源的意见。

这次会议开到13时15分结束。《破产法草案》顺利通过了。

随后,由曹思源代拟了一份国务院关于提请审议《中华人民共和国企业破产法(草案)》的议案,经国务院总理签发,送全国人大常委会审议。

召开座谈会征求意见

积极而又慎重地制定每一部法律，这在国营企业《破产法》的制定过程中，再次得到了体现。

根据全国人大常委会委员长彭真的建议，全国人大法律委员会和财经委员会，邀请有关方面的同志座谈，进一步征求各方面对企业《破产法草案》的意见和建议。

1986年10月25日至11月1日，座谈会在北京连续召开了7天。

全国人大常委会副委员长、全国人大法律委员会主任委员彭冲主持了会议，并在座谈会结束时讲话。

在座谈会上，一些全国人大常委会委员，根据各自调查所了解的情况，发表了意见。来自地方人大和政府的同志，也结合各地的实际，提出了看法和建议。

国务院有关部门和企业《破产法》起草小组的负责同志，就有关问题做了汇报和说明。

经过充分酝酿、反复讨论，大家普遍认为，制定和实施企业《破产法》，是发展社会主义有计划的商品经济的需要，是进行经济体制改革的必然产物。

《破产法》有利于打破企业吃国家"大锅饭"的依赖思想，促进竞争，保护债权人、债务人的合法权益，也有利于改善企业的经营管理，增强企业活力，提高经济效益，使企业真正成为自主经营、自负盈亏的社会主义商品的生产者和经营者，是促使整个经济改革健康发展的必不可少的一项配套工程。因此，制定和颁布企业《破产法》是有必要的。

在座谈中，对于实施《破产法》的时机与条件的问题，大家仍有不同看法。一些同志建议，应尽快制定《企业法》《劳动法》等法律，使其同《破产法》配套出台。同时，进一步扩大企业自主权，逐步理顺价格体系，为企业《破产法》实施创造更好的外部条件。

彭冲指出，制定企业《破产法》，是用法律形式保证社会主义有计划的商品经济健康发展、促进经济体制改革的重要步骤，是不以人的主观意志为转移的必然产物。我们的立法工作，要积极适应形势的发展。

在这次座谈会上，大家本着对国家和人民负责的态度，对企业《破产法草案》进行了比较全面、客观的分析，做了反复的斟酌、讨论，在思想认识上有进一步的深化和提高，为下次全国人大常委会再次审议企业《破产法草案》打下了良好的基础。

这次座谈，充分体现了立法的严肃性和民主集中制原则。

人大审议通过《破产法》

1986年6月16日，全国人大常委会召开了第一次讨论《破产法》的会议，发言争论相当激烈。51名发言者中，41人表示反对，只有10人表示赞成。

曹思源又开始了"活动"。他昼夜突击，写了一本《谈谈企业破产法》，交给出版社突击出版。

一个多月后，曹思源给每位全国人大常委会委员寄了一本长达14万字的《谈谈企业破产法》。在书中，曹思源以大量翔实的调查研究材料为基础，深入论证了《破产法》实施的必然性和必要性。

1986年8月28日，第二次审议《破产法》，持反对意见的从41人下降到27人，赞成的从10人上升到27人，赞成人数与反对人数持平。曹思源的"活动"初见成效。

人大常委会委员总共156人，发言者只有54人，那沉默的100多人的态度，曹思源还不得而知。但表决时，这100多人若有一人反对，按照人大历来的习惯，《破产法》仍将不能通过。

于是，曹思源继续"活动"。他分别给人大常委会各位委员打电话，多次到委员家中面谈。同时，积极抢占舆论阵地，在报纸上发表大量介绍、论证《破产法》的文章，通过这些工作，人大常委会委员们的认识逐渐发生了变化。

1986年11月17日至18日，出席六届全国人大常委会第十八次会议的委员，分组审议"中华人民共和国全民所有制企业破产法修改草案"。

彭真委员长出席会议并讲了话。

全国人大法律委员会副主任委员宋汝棼，向委员们汇报了对破产法草案的修改意见。

许多委员认为，《破产法》修改草案吸收了大家的意见和建议，比前几稿更加完善：宗旨和目的性更明确了，破产企业职工的生活保障规定得更明确了，企业破产的责任问题也写得更明确了。

黄玉昆委员说，原来我觉得《企业法》尚未出台，先出《破产法》不合适，破产的外部条件没有解决，特别是厂长没有自主权，破产企业的职工的生活没有很好的保障。我经过认真调查研究，法律委员会和财经委员会又对草案进行了反复修改，我赞成这次会议通过这个法，理由是：现在《企业法草案》已经提交人大常委会审议，企业自主权的问题正在逐步解决，破产企业的职工生活保障问题基本上得到解决。

王甫委员说，十七次人大常委会会议后，有关部门又深入调查，反复研究，下了很大功夫。这体现了人大立法严肃、认真、慎重的精神，各方面反映很好。几个月来，在劳动人事制度改革方面公布了四个规定，在企业管理方面公布了三个条例,这次会议又将审议《企业法草案》,而且准备同步实施《破产法》和《企业法》,这样就顺当了,这有利于贯彻执行《破产法》。

许多委员认为,实施《破产法》有利于企业改善经营管理。

洪丝丝委员说,《破产法》会促使企业更注意经营管理,使职工更负责任,实施这个法利多弊少,不会使更多的企业破产,而会使更多的企业不破产。

1986年12月2日,第六届全国人民代表大会常务委员会第十八次会议审议《破产法》。110人出席了这次会议,101人表示赞成,9人弃权,反对票为零。《破产法》以绝对优势获得通过。

为此,时任国家主席的李先念颁布主席令:

中华人民共和国主席令(六届45号)

《中华人民共和国企业破产法(试行)》已由中华人民共和国第六届全国人民代表大会常务委员会第十八次会议于1986年12月2日通过,现予公布,自全民所有制工业企业法实施满三个月之日起试行。

中华人民共和国主席　李先念
一九八六年十二月二日

1986年12月31日,全国开始试行《破产法》,其蓝本和基础是沈阳市防爆器械厂破产案。

1986年8月3日,沈阳五金铸造厂和农机三厂成功摘掉"黄牌"帽子,而连续多年亏损,并已欠债达48万元的沈阳市防爆器械厂,被沈阳市工商行政管理局正式宣布破产。

沈阳的大胆尝试和理论突破,为后来在全国更大范围内建立企业的优胜劣汰机制,为我国企业《破产法》的出台,进行了有益的实践。

《破产法》在1986年试行后,直到2006年8月27日《中华人民共和国企业破产法》正式颁布实施,时间又走过了20年。

人大法工委阐释《破产法》

在第六届全国人大常委会第十八次会议通过《中华人民共和国企业破产法（试行）》以后，全国人大常委会法制工作委员会负责人表示：

制定企业《破产法》，是适应社会主义有计划的商品经济发展和经济体制改革的需要。

法制工作委员会负责人说，我国社会主义全民所有制企业，在社会主义现代化建设中发挥着主导作用，但也有些全民所有制企业经营管理不善，长期严重亏损，依靠国家的财政补贴，吃国家的"大锅饭"，成为国家沉重的负担，不利于社会主义经济的发展。

制定企业《破产法》，在全民所有制企业中实行破产制度，是解决这种企业吃国家"大锅饭"的重要手段。

这位负责人还特别指出：

通过实行破产制度，可以促进企业落实经营管理自主权，贯彻执行厂长（经理）负责制和各项经济责任制，加强企业的民主管理，增强企业活力。

法制工作委员会负责人指出，从这个意义上讲，企业《破产法》也是促进法。具体可以从以下几方面来讲：

一是有利于促进全民所有制企业自主经营，自负盈亏。

《宪法》第十六条规定："国营企业在服从国家的统一领导和全面完成国家计划的前提下，在法律规定的范围内，有经营管理的自主权。"

《民法通则》第四十八条规定："全民所有制企业法人以国家授予它经营管理的财产承担民事责任。"

全民所有制企业以国家授予它经营管理的财产承担民事责任，与国库分开，负有限责任，自主经营，自负盈亏，不再吃国家的"大锅饭"，是经济体制改革的重要内容。

当时，落实企业自主权在有些地方遇到了阻力，有些主管机关随意截留应当下放的权力。实行破产制度以后，企业要承担破产的经济后果，将会更加重视依法行使自主权利，抵制不适当的干预或瞎指挥。

二是有利于促进全民所有制企业加强经济责任制和民主管理。

实行破产制度之后，企业领导和职工对企业的经营状况将更加关心，从而促进企业贯彻执行厂长（经理）负责制，加强民主管理。这是增强企业活力的重要动力。

三是有利于促进企业重视履行经济合同，及时处理债权债务。

不少企业对履行经济合同和处理债权债务很不重视，长期互相拖欠，影响资金周转，影响经济效益。实行破产制度之后，可以促使企业重视依照经济合同办事，及时清偿债务，维护企业合法的权益。

法制工作委员会负责人还说，我国在全民所有制企业中实行破产制度是一项新的改革措施，不少人还不是很理解。因此，加强对企业《破产法》的宣传，使企业和广大职工了解这个法律的主要内容，正确理解它的作用和积极意义，是很必要的。

四城市实行企业破产试点

从开始实行破产企业试点到 1986 年，全国共有沈阳、武汉、重庆、太原 4 个城市的 11 家企业试行破产制度。

1985 年，沈阳市人民政府经过充分酝酿和准备，率先公布了关于城市集体工业企业破产处理试行规定，并于当年 8 月 3 日，对防爆器械厂等 3 家集体企业发出了"黄牌警告"，中外瞩目。

1986 年，新中国历史上第一例破产案，震动了计划经济在国人心中的根基。

1986 年 8 月 3 日 9 时，沈阳市防爆器械厂厂长王刚神情沮丧地把工厂营业执照交给了工商管理部门。

这是我国实施《破产法》以来第一个倒闭的国有企业。沈阳防爆器械厂宣告破产，一时成为整个社会的关注热点。

8 月 3 日这一天，在沈阳市人民政府举行的新闻发布会上，市工商局的负责同志宣布：

连续亏损 10 年，负债额超过全部资产三分之二的沈阳防爆器械厂，在"破产警戒通告"一年期限内，经过整顿和拯救无效，宣告破产倒闭。

这是中华人民共和国成立后我国第一家正式宣告破产的企业。社会主义企业不存在倒闭问题的传统认识与做法，到此画上了句号。

就在一年前，沈阳市人民政府依据《沈阳市集体所有制工业企业破产倒闭处理试行规定》，对五金铸造厂和防爆器械厂等三家工厂发出了"破产警戒通告"，出示了"黄牌"，限期一年进行整顿和拯救。

1985年，沈阳市开始对企业进行改革。

在当年的2月23日，沈政发〔1985〕24号文件颁布执行。其中内容之一，就是印发了《沈阳市集体所有制工业企业破产倒闭处理试行规定》。

这个规定的基本精神是：

保护竞争，鼓励先进，鞭策后进，保护债权人的合法权益和倒闭企业待业人员的基本生活。

它是根据集体企业经济的性质、特点和沈阳市集体经济体制改革的客观要求而制订的。

1985年11月2日，时任沈阳市委书记的李长春，在"对沈阳市对集体工业企业'破产倒闭处理'的实施情况的批示"中写道：

> 破产倒闭是优胜劣汰的经济规律所致，不是行政上的关停并转，因此要注意体现债权人的意志，不要完全用上级政府取代债权人的意志，否则又成变相的关停并转了。

在这种改革的背景和环境下，在1986年8月3日的又一个新闻发布会上，时任沈阳市副市长的李中鲁指出：

> 经过一年的整顿与拯救，市衣机三厂和市五金铸造厂的经营状况有了较为明显的改善，故决定对其延长一年的整顿和拯救期。市防爆器械厂虽经努力和多方协助，都因企业素质太差，而无任何转机，按"试行规定"和债权人的意志，经企业申请，决定对其实施破产倒闭处理。

1986年9月25日，沈阳市防爆器械厂被整体拍卖。沈阳市煤气供应公司出价20万元，买下这家破产企业的全部厂房、设备、产成品及其他资财。

沈阳市防爆器械厂于1986年8月3日正式宣布破产，当时这个厂共负债50万元。此次拍卖所得的20万元，按比例偿还给债权人。

当时，美国《时代》周刊就此撰文评论：

一个在西方并不罕见的现象，成千上万的工人被警告说他们的公司陷入了困境，他们的工作也将保不住。这种现象不是在底特律或里昂或曼彻斯特，而是在中国东北部的沈阳。

评论惊呼：

中国的"铁饭碗"真的要被打碎了！

企业虽然破产了，但是职工的路却越走越宽了。

原沈阳市防爆器械厂女工宋桂荣说："过去以为企业办得再差，有'铁饭碗'端着就靠得住，现在才知道那是'穷熬'，生活的道路宽得很。"

在沈阳市防爆器械厂因连年亏损、产不抵债，正式宣告破产之后，按照市政府颁布的政策规定，有29人失去了原有职业，成为待业职工，每月领取原工资75%的破产救济金。

破产待业，使这些职工受到了极大的震动，却也促使他们中的一些人从痛苦、焦虑中醒悟过来，主动进取开拓新的生产门路。

时年42岁的宋桂荣，只领了一个月的救济金，就在1986年8月28日上交了救济金证，办理了经营针织品、百货的个体营业执照。一个月的纯收入，少说也有

150元。

宋桂荣自谋职业获得成功，在待业职工中引起了不小的反响。随后，又有三人开始从事个体经营：一个摆摊出售鲜肉、一个与家人合开饭馆、一个到农村与亲属联合养鱼。

担任过工厂副厂长的尹英仙，在1986年10月底，就把其余的一些人召集起来开会，商量出一个重新就业的方案。

与此同时，社会各方面对这些待业职工给予了充分的关注。市、区劳动部门，本着"坚持政策，不统包统揽，积极安置"的原则，根据社会用工需求，陆续安置待业职工就业。

为了妥善安排待业及退休职工的生活，中国人民保险公司沈阳市分公司，正式履行救济职责，从社会保险基金中支付救济金。

对于待业职工，待业期间的前两年，由社会保险部门发给救济金。其中，前6个月按标准工资的75%发放；从第七个月起，每人每月发给30元生活费。

在两年中，待业职工重新就业或自谋职业，停发救济金。对已经退休的职工，仍然享受集体企业职工的退休待遇。

就沈阳防爆器械厂破产一事，国家经委负责人于1986年8月8日指出，这一事实打破了社会主义企业不会破产的"禁区"，说明随着经济体制改革的逐步深入，企业自负盈亏、优胜劣汰是势在必行的。

这位负责人说，沈阳防爆器械厂这个社会主义的集体企业破产了，其营业执照被收缴了。这件事冲击着人们的传统观念，对我们所有的企业都提供了有益的启示。

启示之一：在以公有制为基础的有计划的社会主义商品经济的条件下，产品适合市场需要的先进企业得到发展，落后的企业被淘汰，这是经济规律作用的必然结果，也是促进社会生产力发展的必要条件。

沈阳防爆器械厂的破产，对一些长期经营不善、管理无方、多年亏损的集体企业和全民所有制企业，都是前车之鉴。

启示之二：对一些维持不下去的企业实行破产处理，是经济体制改革的一个重要措施。作为一剂对症良药，它可以有效地消除企业吃国家"大锅饭"和职工吃企业"大锅饭"的弊端。这是在用经济手段、法律手段管理、监督企业，促使企业真正成为自主经营、自负盈亏的社会主义商品生产者和经营者。

启示之三：让经营不好的企业破产，有利于维护以公有制为基础的有计划的社会主义商品经济的秩序，可以保护国家财产，保护债权人、债务人的合法权益，促进企业之间展开竞争。这对提高产品质量、提高经济效益和社会效益，都具有重要意义。

国家经委负责人说，沈阳防爆器械厂倒闭后，对企业职工重新就业和生活出路做了妥善安置，对资金财产做了合情合理的处理，对有违法乱纪和负有经济责任的人员进行核实追查。

由于事前和善后工作比较细致，人心比较安定，说明企业破产虽然存在一系列善后问题，但只要做好工作，认真解决具体问题，职工是能从长远利益出发理解和支持的。

沈阳市政府对防爆器械厂的破产处理，采取积极慎重态度。宣告破产前进行宣传教育，做好职工的思想政治工作。对职工的安排采取"坚持政策，不统包统揽，积极安置"的原则。

1985年6月，武汉市人民政府首次对国营企业武汉无线电三厂宣布"濒临破产、限期整顿"的警告。

1986年8月，武汉市又将试点扩大到了另外两家国营企业。

1986年4月2日，重庆市江北县发布了关于二轻集体工业企业破产处理的试行规定，并对石船服装厂等三个单位发出破产警戒通告。

5月28日，重庆市人民政府宣布对重庆洗衣机厂实行"破产警告，限期一年"的警告。

1986年4月29日，太原市人民政府对太原摩托车厂发出了破产警告。

各地试点的具体办法虽不尽相同，但已逐步形成中国式的企业破产制度的一大特点，即对濒临破产的企业先亮黄牌、限期整顿，逾期无效则进行破产处理。

在四城市实行破产制度试点的11家企业中，除5家整顿刚刚开始，未见分晓以外，其余6家企业，只有沈阳防爆器械厂因素质太差、整顿无效，于1986年8月3日正式宣告破产倒闭。而武汉无线电三厂、沈阳五金铸造厂、沈阳农机三厂、太原摩托车厂、重庆洗衣机厂5家企业，均已扭转了亏损局面，走上了复苏兴旺之路。

不久之后，在同年12月2日，全国人大常委会第第十八次会议通过了《破产法》。

国务院下发补充通知

1997年3月2日，国务院下发关于在若干城市试行国有企业兼并破产和职工再就业有关问题的补充通知。

补充通知指出，根据《中华人民共和国企业破产法（试行）》（以下简称《破产法》）、《国务院关于在若干城市试行国有企业破产有关问题的通知》（国发〔1994〕59号）的精神和有关规定，企业兼并破产工作已逐步展开，工作是有成绩的。

但是，也出现了一些城市和地区违反国发〔1994〕59号文件适用范围实施企业破产的问题。

国务院强调，国发〔1994〕59号文件中有关破产方面的政策，只适用于国务院确定的企业"优化资本结构"试点城市范围内的国有工业企业。

非试点城市和地区的国有企业破产，只能按照《破产法》的规定实施，即破产企业财产处置所得，必须用于按比例清偿债务，安置破产企业职工的费用只能从当地政府补贴、民政救济和社会保障等渠道解决。

非国有企业的破产，要严格按照《中华人民共和国民事诉讼法》实施。

为规范企业破产，鼓励企业兼并，对国有企业富余职工实施再就业工程，促进产业结构调整、企业优化资本结构和转换经营机制，补充通知对试点城市国有企业兼并破产和职工再就业有关问题，进行了补充。

补充通知指出，国家经贸委负责全国企业兼并破产和职工再就业的组织协调工作。

为加强对试点城市企业兼并破产和职工再就业工作的组织领导，成立全国企业兼并破产和职工再就业工作领导小组，由国家经贸委（组长）、国家体改委、财政部、劳动部、中国人民银行、国家土地局、国家国有资产管理局等部门组成，并邀请全国人大法工委、最高人民法院参加。

其主要职责是，负责全国试点城市企业兼并破产和职工再就业工作的组织领导与协调；制定《企业兼并破产和职工再就业工作计划》的编制办法；下达省、自治区、直辖市（以下简称省、区、市）核销呆、坏账准备金的预分配规模；审核省、区、市《企业兼并破产和职工再就业工作计划》；指导省、区、市企业兼并破产和职工再就业工作协调小组的工作；制订《全国企业兼并破产和职工再就业工作计划》并监督执行。

全国领导小组的日常工作由国家经贸委负责，有关部门要通力合作，协调一致，重大问题提交国务院国有企业改革工作联席会议讨论决定。

省、区、市成立由经贸委为组长，有关部门组成，并邀请省、区、市人大法工委、高级人民法院参加的省、区、市协调小组。

其主要职责是，负责本地区试点城市企业兼并破产和职工再就业工作的组织协调；审核试点城市《企业兼并破产和职工再就业工作计划》；制订本省、区、市《企业兼并破产和职工再就业工作计划》。

试点城市成立由市经贸委（组长）、体改委、财政局、中国人民银行和各债权银行分行、劳动局、土地局、国有资产管理局等部门组成，并邀请市人大法工委、人民法院参加的试点城市企业兼并破产和职工再就业工作协调小组。

其主要职责是，负责企业兼并及进入破产程序前、终结后和职工再就业工作的组织协调；制订本市《企业兼并破产和职工再就业工作计划》；负责制订企业破产预案；组织实施企业兼并和职工再就业工作；监督、查处、纠正不规范的做法。

此外，补充通知还对《企业兼并破产和职工再就业工作计划》的制订与审批、企业破产预案的制订、资产评估机构资格及破产财产处置、妥善安置破产企业职工等问题，进行了阐释和说明。

体改委强调贯彻"两法"

1988年7月,时任国家体改委副主任张彦宁说,《全民所有制工业企业法》将于8月1日正式施行,《企业破产法》将于11月1日开始生效。贯彻实施"两法",要同深化企业改革紧密结合起来。

张彦宁说:

《企业法》《破产法》都是改革成果的结晶,认真贯彻实施"两法",对深化改革,确立企业独立商品生产者和经营者的地位,发展社会主义有计划的商品经济,具有十分重要的意义。

张彦宁强调指出,就全国来说,宣传、学习和贯彻执行《企业法》,发展很不平衡,还有不少部门、地区、企业不够深入,不够得力,有待进一步加强。

对于实施《企业法》同深化企业改革相结合的问题,张彦宁说,应当突出抓住以下几个重点:

一是按照"两权分离""政企分开"的原则规定,认真落实企业经营自主权,抓好承包经营责任制的配套、完善、深化和发展。

二是进一步落实厂长负责制，真正实现"党政分开"。

三是加强企业民主管理，充分调动企业经营者和职工群众两个积极性。

四是按照"两法"规定，坚决实行企业破产制度，淘汰落后企业，不能再为严重亏损企业提供避风港。

张彦宁还提出，今后所有亏损企业都要实行招标承包，并通过承包、兼并、破产等方法，解决我国长期存在大批亏损企业的问题。造成亏损，大多数是由于企业经营不善造成的。如何解决这些企业的亏损问题，是当前改革面临的难点之一。

张彦宁认为，如不采取坚决措施，随着商品经济的发展，亏损面还要扩大，亏损额还要增加，对国家财政造成的压力也会越来越大。

因此，对所有亏损企业都要放开经营，除企业的所有权外，厂长（经理）应有更多、更活的企业生产经营权。要鼓励先进企业来兼并落后的企业。

亏损企业职工的安置，是个较难处理的问题，通过兼并的办法，可使这一问题同时得到妥善解决。

张彦宁指出：

由于竞争机制的引入，今后对那些经营管理不善、造成严重亏损、不能清偿到期债务的企业，要依法宣告破产。

通过破产、兼并、淘汰落后企业，使绝大多数的企业通过不断提高经营管理水平，处于良好的竞争状态。要建立解决社会主义国家中亏损企业的机制，以便最终消灭亏损企业。

二、贯彻实施

- 武汉无线电三厂的领导深刻地体会到:"市政府对我厂濒临破产、限期整顿的决定是对的。没有这一'逼',工厂就'活'不了。"

- 原焦作市委书记铁代生对法院的工作给予高度评价:"法院坚持用公开促公正,保障了破产程序的和谐进行,为焦作的稳定与发展立下了汗马功劳。"

- 大家一致认识到:破产重组是企业的一次新机遇,破产更是企业甩掉包袱、轻装上阵的必由之路。

武汉让电厂绝处逢生

沈阳防爆器械厂破产了。然而,与它差不多同时接到"黄牌警告"的武汉无线电三厂,却犹如中国古代兵家所说的那样,"置之死地而后生"了。

时任武汉市市长的吴官正,在中国城市科学研究会成立大会上,看到了《企业破产法方案设想》,当即表示,这是个优胜劣汰、促进竞争的好办法,要在武汉试一试。

1985年3月,武汉市电子工业局打报告给市经委,要求将多年的亏损大户国营无线电三厂,与经济效益好的无线电天线厂进行合并。

市经委认为,不能再搞"以穷吃富"那一套了。经市委、市政府领导同意,他们决定对无线电三厂实行"濒临破产,限期整顿"的办法,期限定为一年半。

市经委作出决定的时间是在1985年6月21日,并公之于第二天的《长江日报》上。

武汉市无线电三厂有近千名职工,固定资产净值为338万元。从1982年到1984年,由于市场行情发生变化,该厂缺乏应变能力,多次决策失误,连续发生经营性亏损,各项负债高达470万元。这个厂事实上已陷入了破产的境地。

在市政府"黄牌警告"下达之初，无线电三厂的好些同志在感情上接受不了。10多个中层干部聚在一起喝闷酒。

其中一位十分感慨地说："我在三厂干了20多年，没有想到它竟要破产了。"一句话，愁上加愁，大家竟失声痛哭……

多年的"铁饭碗"，曾使不少职工觉得"企业亏损，与我无损"。无论怎样严厉批评，也难以打破这种心理的"安宁"。

然而，"风乍起，吹皱一池春水"。"濒临破产"黄牌一亮，债主们纷纷上门催讨。一批与三厂素有产品供需关系的企业，也撤销了订货会的邀请。连医院看病也不收三厂的"三联单"，怕它成了"空头支票"。

职工们痛心地说："不怪人家势利眼，谁叫我们濒临破产，信誉丧尽呢！"短短的几天，人们似乎大梦初醒，一下明白了个人荣辱得失与企业息息相关的道理。

首先是厂领导，决定改弦更张。通过广泛的市场调查，他们果断地调整产品结构，停止收录机的设计试制，大力发展建筑电子电器产品，并围绕主导产品发展横向联合。

关心市场，在三厂也不再只是厂长和供销科的事情了。工人关心，党政干部也关心。

1986年5月，党总支办公室的工作人员，也向厂长提供信息：市场上缺乏儿童收音机玩具。经深入调查，厂部很快安排小批量生产，在"六一"儿童节投放市场，结果十分畅销。

"置之死地而后生"，无线电三厂背水一战，迅速改变了局面。

1985年下半年与上半年相比，销售额增长一倍，减少亏损61.6%。从1986年3月起，无线电三厂又一举扭亏为盈。

职工的眼光也开始放远了，在1985年11月召开的全厂职工代表大会上提出的200多项提案，绝大部分是关于生产、技术、质量的，要求改善福利待遇的只占15%。

在"黄牌警告"发出一年之后，武汉无线电三厂的领导深刻地体会到：

> 市政府对我厂濒临破产、限期整顿的决定是对的。没有这一"逼"，工厂就"活"不了。

时任武汉无线电三厂厂长徐宜忠说：

> 我们这个厂人还是这些人，设备还是这些设备。过去老是亏损，如今迅速盈利，说明实行破产的改革，可以促使企业变压力为动力，是促进企业丢开"大锅饭"、积极闯新路的一个有效的办法。

内蒙古企改上新台阶

1988年,在内蒙古鄂尔多斯高原上,当企业承包经营制开始在国有企业实行时,时任原伊盟乡镇企业处领导干部的张双旺,毅然辞职下海。从承包伊盟乡镇企业开始,从实践到摸索,从失败到成功。

到1990年10月,伊盟乡镇企业公司正式更名为伊盟煤炭公司,随着公司的发展壮大,1996年9月,正式组建成立伊盟煤炭集团公司。

从最初5万元的承包费、21个人,张双旺和他的公司用了9年的时间完成了企业经营性质的转变。

与此同时,内蒙古还有115户国有大中型企业发生亏损。内蒙古开始对亏损企业实行外引内联,兼并重组。

这一时期,先后有呼和浩特市制药厂、乌海化工厂、查干诺尔天然碱化工总厂,分别被吉兰泰盐化集团、伊化集团、鄂尔多斯羊绒集团兼并重组,最后走出困境。

严重亏损、扭亏无望的内蒙古第一毛纺厂、第二毛纺厂等45户企业,依据《破产法》实施了破产。

内蒙古第一毛纺厂破产后,由内蒙古金宇集团接收,投资进行技术改造,调整产品结构,很快形成市场前景看好的针织羊绒生产能力。内蒙古第二毛纺厂破产后,被仕奇集团收购,成为仕奇集团高档服装面料的生产基地。

经过重组后的内蒙古毛纺工业，生产开始出现回升趋势。在重组后的前7个月，毛纺行业主产品绒线和毛绒的产量，同比增长近4倍，纱的产量增长了39%，纺织业呈现产销两旺的好势头。

发生在鄂尔多斯地区的企业转制行为，具有典型意义。

时任内蒙古社科院经济研究所所长的姜月忠说，1987年到1990年，以建立企业内部管理责任制为重点，内蒙古开始推行承包经营责任制和厂长、经理负责制的时候，内蒙古的大多数国有企业人浮于事，竞争力不强。

内蒙古的几大毛纺厂，通过企业改制，一批企业被兼并、一批企业倒闭、一批企业生存了下来，这符合经济发展的一般规律，也与改革开放企业转制的大环境相适应。

转制是在摸索中前行的。从1979年到1982年的4年间，内蒙古国有企业在尝试"摸着石头过河"的改革方式失败后，于1982年6月，开始以规范国家与企业的分配关系为核心，实行两步利改税改革。

通过改革，这一时期企业的自主权有所扩大，利润留成和多种形式的经济得到建立。

赤峰绿川锅炉工业有限公司的前身是原赤峰锅炉厂，始建于1977年，属于国有企业。

赤峰锅炉厂自建厂以来，经过20世纪70年代末80

年代初的几年时间的快速发展，迅速在全国范围内建立了完善的锅炉销售、安装以及维修市场，进入其辉煌阶段，赢得了良好的市场信誉，成为红山区乃至赤峰市的龙头明星企业。锅炉制造行业，也成为红山区的传统优势产业。

进入20世纪90年代中期，因种种历史原因，企业的生产经营受到一定程度的影响，产品产量逐渐下降，市场有所萎缩，但仍占据着固定的市场份额。

1999年，赤峰锅炉厂进行企业改革，组建了赤峰绿川锅炉工业有限公司，同时仍保留了赤峰锅炉厂承担原企业的债务和其他民事责任。

2002年，红山区委、区政府审时度势，对赤峰锅炉厂实施破产重组，彻底甩掉了企业的历史包袱，新组建的赤峰绿川锅炉工业有限公司又重新显现了生机和活力。

制约赤峰绿川锅炉工业有限公司快速发展的最大问题，就是资金严重不足。按企业年生产能力计算，资金缺口在500万至1000万元。

为彻底解决赤峰绿川锅炉工业有限公司的问题，红山区委、区政府积极运作，对该企业进行转制重组。重组采取两种方案：一是寻求有雄厚势力的企业，对其进行收购；二是寻求合作伙伴，以参股或控股的方式进行融资，严格按《公司法》组建新的股份有限公司，进一步扩大生产规模。

赤峰绿川锅炉工业有限公司拥有诸多优势，产品发展空间广阔，企业发展潜力巨大。解决制约企业发展的资金短缺"瓶颈"后，赤峰绿川锅炉工业有限公司在短期内迅速成长为锅炉制造行业中的佼佼者。

在2000年，内蒙古从280户国有大中型企业中确定的70户企业全部完成了公司制改造，初步建立了现代企业制度后，国有企业的一些深层次矛盾才慢慢得以解决。

当时的呼和浩特、包头、乌海、赤峰4个工业城市，通过兼并破产等形式，冲销银行呆账、坏账准备金40亿元，降低了企业负债率近20个百分点。

紧接着，内蒙古电力二次厂网分开后，孕育了三家资产超过百亿的电力企业，中海油重组，天野化工、包钢和二冶公司分离重组，一批关系地方经济发展全局的重大问题相继得到解决，标志着内蒙古国有企业改革发展跃上了一个新的台阶。

石家庄完成破产过渡

河北省石家庄市，积极稳妥地处理了全省首例国有中型企业石家庄市无线电一厂破产后遗留的问题，其成功之处在于：以市场为导向，靠改革解难题。

石家庄市无线电一厂建于1968年，当时有职工1000多人，资产2400多万元。由于经营不善，严重亏损，资不抵债，于1992年11月宣告破产。

为抓好石家庄市无线电一厂这个较大企业破产的善后工作，从中总结经验，石家庄市委、市政府派出清算组，对该厂的人员安置、资产清理、债务清偿、存量资产转移等问题进行了妥善的处理。

首先，发挥市场经济体制对生产资源配置的导向作用，实行整体分流。

清算组对经济效益好、开发能力强、其他单位急需的分厂、车间、研究所及班组、科室，重新进行优化组合和分流，最大限度地减少实施破产对生产能力所造成的影响。

厂微机研究所有5种产品获国家级奖，具有高新技术开发能力和广阔的市场前景。清算组帮助这个所实行独立核算，建立新技术开发公司。

不久，这个公司的64人一起被全国电子产品展销中心"抢"走。有45人的机加工车间和设备，一起"移植"到石家庄内燃机厂。

石家庄市无线电一厂共有5个单位、162人整体分流，职工很快进入"角色"，设备很快利用起来。

其次，和劳动保险制度改革相衔接，多渠道、多层次妥善安置人员。一是及时掌握劳务市场和人才市场的需求信息，主动与有关部门和企业进行协调，使300多人各得其所。二是用优惠政策鼓励职工自谋职业，发展第三产业或自动联系工作。规定凡申请自谋职业的职工，从事个体经营、开办私营企业或到个体工商户、私营企业当员工的，所享受的待业救济金一次发给本人；自谋职业从事个体经营，工商、公安、环保等部门一年内免收各种行政管理费；自谋职业工龄连续计算，退休后可与其他企业享受同等待遇。三是将200多名离退休人员挂靠在市社会劳动保险公司。统筹养老保险金不足部分，由破产财产中归拨1500万元补充。

再次，账面清理与实际盘点相结合，搞好资产清理。为了尽快清偿债务，对无线电一厂厂区及资产进行整体公开拍卖。

另外，由债权人直接参加实施破产程序，不属于清偿部分，由金融单位承担。依法收回债权款项54万余元。由于工作细致，全厂秩序井然，在钱财及账目上没有出现混乱现象。

经过一系列细致的工作，石家庄市无线电一厂实现了破产后的平稳过渡。

山东上海助企业解困

山东省各级党政领导深入困难企业调查研究，帮助国有大中型企业走出困境，取得显著效果。

到1994年6月底，山东全省已有118个困难和特困企业扭亏为盈，重现生机，解困面占困难企业总数的四分之一以上。

"既让好企业'锦上添花'，又为困难企业'雪中送炭'"，这是山东搞好国有大中型企业的一条重要思路。

1994年年初，省委、省政府作出关于组织干部深入困难企业，解决实际问题的决定。各级党政一把手，带领7000多名干部，深入近万家县属以上工业企业，进行调查研究，排出460家困难企业。

在拨出8000万元专款救济这些企业职工的同时，重点帮助这些单位找问题、查原因，寻求摆脱困境的路子。同时，促使困难企业加大改革力度，靠苦练内功走出困境。

山东省注意加强困难企业领导班子建设，让一批治厂有方的企业家"拜帅上阵"，先后使41家困难企业扭亏为盈。

他们选择一些长期亏损、资不抵债、扭亏无望的企业，实行兼并、租赁、拍卖、破产等方式，多管齐下，盘活存量资产，使一些企业获得新生。

各市地、各部门选准解困突破口，帮助 70 多家困难企业通过提高产品质量、开发新产品、增收节支降耗，重振国有企业雄风。

此外，山东省还组织财政、计划、劳动、金融等部门，为困难企业排忧解难。重点扶持困难企业集中的纺织业，提供棉纺专项贷款，使不少企业因原料、资金两大难题的解决而纷纷脱离困境。山东省纺织系统在 1994 年 3 月实现扭亏为盈。

从 1994 年开始，上海市根据"大的要强、小的要活、好的要发展、差的要新生"的企业改革目标，采取种种措施，帮助亏损企业恢复"造血"功能。

在上海国有企业中，虽然经济效益好的和比较好的占大多数，但三分之一的企业处境困难，甚至亏损。

上海的干部职工认识到，国有企业的亏损状况不能得到根本的改观，势必影响到国民经济的健康发展，影响改革进程和社会的稳定。

上海市委、市政府帮助企业解困的指导思想十分明确，就是要让亏损企业转机建制，重获新生，并将这项工作与上海总体发展规划、与上海产业结构调整结合起来，做到标本兼治、综合治理。

上海抓解困工作，首先是搞好调查研究，分类指导。市委和市政府所属各局领导，多次深入基层，听取职工意见；市经委抽调三分之一的机关干部，下到困难企业调查研究，针对企业不同的亏损原因，有的放矢地提出解困方案。

司法、工商、规划、金融等部门也积极参与，合力解困。仅上海工商银行在两个月内就为企业注入解困流动资金贷款1亿多元。

政策明、有措施，是上海解困工作的有力之举。市经委在集思广益的基础上，提出14项解困措施，对产品有市场、质量好、有效益而缺乏资金的企业，注入生产资金；对历史债务沉重的企业，通过清产核资，给予政策扶持，使其轻装转制；对资不抵债、扭亏无望的企业，实行兼并或让其破产。

上海在企业解困中，采取了10条途径，即划小经营单位、易地改造、股份合作、企业兼并、兴办"三产"、企业收购、企业破产、租赁民营、扩大合资、建立有限责任公司等，为下一步建立现代企业制度打下了坚实的基础。

同时，上海国有企业在深化改革、转换机制方面做了大量的探索。有的工业局成立了国有资产管理公司，有的企业集团进行资产授权管理。

通过调整，上海国有企业的竞争能力逐步增强。

洛市矿务局创新模式

与北方的煤矿相比，江西煤矿资源条件差、煤层薄、井型小、服务年限短，一直受到产量小、用人多、工效低等问题的困扰。

煤炭质量差，缺乏市场竞争能力，加之江西多数煤矿是为解决江南地区缺煤而建设的，不少是属于边设计、边施工、边投产的"三边"矿井，建设过程中欠账较多，特别是一些衰老矿井，历史包袱尤为沉重。

因此，江西煤矿企业效益大多不佳，在市场竞争中不可避免地处于劣势，难以与北方大矿相提并论。

1998年，江西省重点煤炭企业亏损总额高达2.45亿元；1999年亏损1.98亿元。

1999年年初，国家对资源枯竭、亏损严重、扭亏无望的国有煤矿企业，出台关闭破产政策。给这些企业走出困境，带来了新的发展机遇。

洛市矿务局在1983年由地方小煤窑组建而成，核定年生产能力99万吨。国家对该局先后投入3.3亿元，用于矿区的建设和发展。

因为煤质差，灰分高达38%至50%，产品销售比较困难。

1989年，洛市矿务局投资7000多万元兴建的流舍矿因煤质差，投产后一直处于停产状态。同时，由于小煤窑的干扰，涂坊矿在基建过程中"夭折"。

在20世纪90年代中后期，主力矿井龙溪矿在小煤窑的重重包围下，于1997年8月被迫关停。

1998年，洛市矿务局仅生产原煤21.4万吨，4000多名职工人均45吨。当时，全局非煤产业，既无成规模的项目，更无一个像样的产品，产值不足100万元。至1998年年末，累计亏损2.7亿元，资产负债率达147.9%，陷入亏损严重、资不抵债、扭亏无望的境地。

1999年年初，经全国企业兼并破产领导小组批准，洛市矿务局被列入全国首批破产企业。

1999年10月17日，矿务局向法院提出破产申请，法院于10月22日正式受理，24日作出裁定，依法宣告洛市矿务局破产。并于26日公告，同时进入破产程序。

11月5日，法院成立由企业主管部门及江西省政府有关部门和单位组成的破产清算组。6日，清算组进驻洛市矿务局开展工作。

1999年12月6日中午，从北京开会回到南昌的江西省煤炭厅厅长包尚贤一下火车，迎接他的是洛市矿务局近千名上访群众。

包尚贤从火车站直奔大礼堂。在礼堂里，面对上访的人们，包尚贤激动地说："矿工兄弟姐妹们，我们工作没做好啊！让你们受委屈了！"

包尚贤的话语里充满了自责与愧疚，眼角都有些湿润了。破产是为处于困境的煤矿职工找一条出路，可由于政策宣传不到位，职工不理解破产工作。他内心深处有一份不被理解的委屈与痛苦。但这时，包尚贤想得更多的是如何劝导群众。

包尚贤顾不上吃午饭，就一同与省政府领导，苦口婆心地做职工群众的思想工作。直到22时，上访群众才渐渐散去，坐车返回矿区。

江西省委、省政府对洛市矿务局破产工作高度重视。江西省省长舒圣佑主持省长办公会，听取汇报，研究解决问题。

同时，组成以副省长王君为组长、省政府副秘书长胡宪及有关部门负责人为成员的省政府破产工作领导小组。

1999年12月7日，江西省政府派出由省政府胡宪副秘书长和省煤炭厅包尚贤厅长带队的、由省政府各有关部门负责人组成的工作组，进驻洛市矿区，长驻现场，协调处理各种矛盾和问题，直到破产工作结束。

时间一天天地过去了，人心却难以平静下来，唯一的也是最好的办法，就是把破产政策宣传到每个人的心里。

工作组采用广播、标语、简报等多种手段，宣传国家破产政策，把《破产政策宣传提纲》《职工所提有关问题的答复》等材料，印发给职工，保证人手一份。

他们还先后举办了3期破产政策学习班，召开各类人员座谈会近百个。

2000年春节,江西省政府和省煤炭厅共拨出专款20万元,补助破产煤矿特困职工的生活。省煤炭厅派出工作组,为矿区职工排忧解难。

为了保证洛市矿务局破产工作的顺利进行,国家提前拨付了3年的亏损指标,并核销了1.2亿元的银行债务。

同时,国家财政下拨9912万元破产费,用于安置职工,目的是从根本上截断破产企业的亏损源,实现产业结构的调整,通过特殊形式的转换,保证职工的根本利益。

历经近百天的艰苦细致的工作,洛市矿务局破产工作于2000年1月31日结束。

破产资产变现后,资产所有者在2001年4月完成有效资产重组,组建了江西新洛煤电有限责任公司。按照双向选择、平等竞争的原则,有1700多名职工被新企业录用,其中563人带资入股,个人入股金额达396.3万元。

自2001年6月开始,新组建的公司按照新的机制运营,生产经营很快走上了正轨。

成都市优化产业结构

自 2001 年后,成都市大中型企业改革继续深化,国企改革进入攻坚阶段。

随着我国正式加入 WTO,对外开放向着更大范围、更广领域、更高层次发展。

这一时期,在完善社会主义市场经济体制进程中,我国企业改革向更深层次推进,大力倡导发展国有资本、集体资本和非公有资本等参股的混合所有制经济,并以科学发展观为指导,在转变经济发展方式上掀开了新的一页。

党的十六届三中全会,作出《关于完善社会主义市场经济体制的决定》,突出强调了"产权是所有制的核心和主要内容""大力发展混合所有制经济""股份制是公有制的主要实现形式"。这是对经济体制改革,特别是国有经济改革的重大推进。

成都市按照"有进有退、有所为有所不为"的方针,着眼于整体上搞活国有经济,加大国有资本从一般性竞争领域的退出力度,加速推进所有制结构的战略性调整。

与此同时,确立了"抓大放小"的改革思路和大企业、大集团发展战略:

> 大型国企主动与中央重点扶持企业联合，中小型优势企业加快改制、建立现代企业制度，劣势企业加快推进依法破产。

通过制定优惠政策，经过比较优势，吸引了一汽、攀钢等一大批外地大企业大公司，对成都市企业进行兼并重组，优化了国有企业的产业结构。

同时，通过政企分开、分离企业办社会职能，逐步实现企业商业化，市场主体化；通过中小企业民营化和大型企业股份化，实现产权多元化；通过收购、兼并方式进行联合重组，实现企业集团化。

2005年，成都国有资产监督管理委员会建立，解决了国有资产出资人缺位的重大问题，初步形成了国有资产监督管理体制。

截至2008年上半年，成都市累计实现兼并重组企业380户，破产企业192户，改制企业1505户，盘活存量资产380多亿元。

近40万名职工实现转移安置，共核销银行呆、坏账资金60多亿元，全市国有工业企业，完成兼并破产155户、改制112户。

其中，市属国有大中型工业企业兼并破产84户、改制86户。另外，军工企业下放地方破产调整17户。全市基本完成国有工商企业的改革任务，走在国内大城市的前列。

2005年2月，在非公有制经济发展方面，国务院颁布《关于鼓励支持和引导个体私营等非公有制经济发展的若干意见》，对改革开放以来非公有制经济发展取得的成绩，给予充分的肯定。

成都民营企业进入稳步高速发展时期，涌现出了包括新希望集团、国栋集团等一大批在国内外有影响的民营企业。

到2007年，成都已有1000多家外资企业。世界500强企业中，有128家在成都投资。跨国公司在成都大规模开展业务，使得外资企业成为成都经济重要的组成部分。

甘肃省对老企业实行破产重组

加快国企改革是甘肃省委省政府"十五"中后期确定的一项重大战略任务。经过几年来迎难而上的艰苦努力，甘肃省国企改革取得了突破性进展。

甘肃是西北老工业基地。受经济欠发达"西北现象"和国有老企业相对集中"东北现象"的双重制约，2000年，甘肃省以下国有企业亏损面达41%，扭亏无望、资不抵债和资源枯竭的"三类"国企占到了亏损大中型企业的70%，迫切需要在国有大中型企业产权制度改革上有新突破，在国有中小企业改制放活上有新举措，在"三类"劣势企业破产重组上有新进展。

面对"十五"初期甘肃国有企业亏损面大、债务负担重、冗员多等突出问题，2002年，甘肃省选择兰钢这个人员最多、包袱最重、拖的时间最长的"老大难"作为突破口，实施了有万名员工的兰钢破产重组。

2003年，实施兰州一毛厂的政策性破产，以土地资产变现为主安置职工，进行了国有大型特困企业破产的有益探索。

2003年年底，省委省政府贯彻党的十六届三中全会精神，制定了《关于深化国企改革的意见》。

2004年，按照建立现代产权制度的要求，重点实施了国企改革"376"攻坚计划。即用3年左右时间,使70%左右的省属国有大中型企业实现产权结构多元化的股份制改革;下划市州管理的70户原省属国有工业企业70%完成改制,有条件的企业国有资本全部退出,转入非公经济发展轨道;66户长期亏损、扭亏无望和资源枯竭的国有企业,通过政策性破产和依法破产,退出市场。

国企改革是克服诸多困难的攻坚战。甘肃推进国企改革主要有"三难":即国有资产比重大,实现产权多元化"难";国有老企业人员多,企业破产、改制涉及30万人,置换身份、实现大多数人再就业"难";破产企业多,需筹措上百亿元安置人员,解决遗留问题"难"。

经过迎难而上的攻坚,国企改革促进全省国有经济结构和效益发生了明显变化。不但创出了10多年来甘肃工业经济增长快、效益好、国企改革力度大的时期,而且形成了石油石化、有色冶金等带动甘肃工业快速发展的特色产业,国企改革有力地推动了甘肃工业从量的增长,走上质的提高的新型工业化道路。

在省属下划企业改制放活上,主要通过改制或破产重组,使80%以上的国有企业转入了非公经济发展轨道,带动了所有制结构调整和非公经济骨干企业的产生。下划是措施,改制是途径,发展是目的。70户下划企业调整体制后,加快改制,创新机制。

在"三类企业"破产重组上,主要抢抓国有企业政策性破产的机遇,使列入国家破产计划的企业,实施了整体破产和分立破产，带动了国有经济布局的战略性调整，支持了省属企业快速发展。企业破产是退出市场的最主要通道。

兰钢通过实施破产重组，异地新建榆中钢厂，利用原有厂区土地新建西北最大的钢材贸易中心，使有就业能力的职工都实现了再就业。

白银公司是有4万多人的国有特大型老企业，资产负债率146%，人员多，负债率高，分三批实施9户分立破产。

在2004年实施了前三户，2005年实施了中三户，2006年实施了后三户。通过重组有效资产安置职工1.3万人。

西铁公司、九条岭煤矿、兰石总厂、甘铝、华铝、甘光、兰轴在省属特困企业破产协调组的有力支持下，迎难而上，安置员工费用落实得好，重组新企业进展快，破产政策用得足，使这批"难啃的硬骨头"得到了有效解决。

兰石总厂通过推进主辅分离改制和实施政策性分立破产，减轻了债务包袱，重组的新企业有了快速发展，年销售收入由五年前的3亿元，增长到2006年的21.7亿元。

二十一冶借助中央有色企业下放财政"兜底"、发挥建筑资质较高的有利条件，重组有效国有资产，退出国有序列，进入法人持股、员工参股、重组发展的新轨道。

在2005年，公司实现利润2352万元，员工年人均收入达到 2.1 万元。八冶、窑街一矿、靖远宝积山矿、红会三矿等，用足用活国家对有色、煤炭下划企业的特殊政策，规范运作，破产重组新企业，保持了基本稳定，保障了职工权益。

按照 2008 年以后，国家不再实施国有企业政策性破产的要求，甘肃省及时将转让上市公司后，具备破产条件的长风、兰炭等 18 户企业向国家申报了破产。

劣势企业要通过破产重组，有效资产重组新企业，实现大多数职工就地再就业。

甘肃实施破产的老企业，多数地处偏僻，非公经济发展不足，职工既关心企业破产领取经济补偿金，又盼望企业破产后能实现再就业，这也是在企业破产中怎样落实以人为本的重要课题。

甘肃省在实施企业破产过程中，把职工再就业作为企业破产重组的落脚点，坚持实施政策性破产和重组有效资产同步研究、分类实施。

通过整体破产，甩掉了企业历史包袱，重组新企业转入了非公经济发展轨道；分立破产减轻了企业债务包袱，提高了企业经营效益，增强了企业市场竞争力，为"工业强省"培育了新的经济增长点。

焦作实施"无震荡破产"

2004年以来,河南省焦作市中级人民法院连续受理了多起企业破产案件。然而,几年来,全市未发生一起破产企业职工上访案件。

不仅如此,法院还为破产企业核销债务4.9亿元,盘活破产财产1.23亿元,通过资产重组,使得近9000名下岗职工重新上岗就业,3000多名离退休干部和工伤人员享受到了基本医疗保险。这要归功于焦作中院大力实施的"无震荡破产"计划。

针对企业破产和改制案件不断增多、诱发不安定因素越来越多的实际,为了保障破产清算工作顺利进行,切实做到程序合法、操作规范、政策公开、权利平等,焦作中院制定了《关于规范审理破产案件程序的规定》、《审理企业破产案件操作细则》和《企业破产清算组工作细则》,用制度确保破产程序在"阳光"下进行。

在审理中,焦作中院认真组织有关部门对破产企业的资产进行全面的清理、审计、评估,结果予以公示。既让职工了解自己的家底,又要让职工参与破产清算监督,防止国有资产流失。

企业破产后,工人们最关心的是企业拖欠他们的工资、医疗费、社会统筹、集资款等多项费用的支付问题,以及经济补偿金的标准问题等。

针对这些热点、难点，焦作市中级人民法院实行劳动债权公示制度，要求清算组对原企业职工全部的劳动债权、包括失业金的发放名单和标准等，在清理后全部张榜公布，在广泛征求工人意见后，公开进行认定，改变了以往仅仅依据破产企业的财务报表和劳动保障部门的记载就内部认定的做法，避免了破产企业职工因无法参与或丧失知情权，导致对清算组工作的不信任而引发矛盾，影响清算工作顺利进行的不利局面。

为了掌握破产企业职工的思想动态，保障破产企业工人的合法权益，合议庭或者案件承办法官，定期到破产清算组现场办公，给职工解答国家的有关破产法律、法规和执行的破产清算政策，对职工提出超出政策范围的要求，也给予耐心的解释和沟通。

另外，焦作中院还在一些职工人数多、矛盾比较突出的企业设立了意见箱，接收职工的来信和举报。如果发现破产清算组在兑现职工劳动债权方面有不合理、不公正、不合法的做法时，一旦查处查证后，将予以公开处理。

多年来，焦作法院处理职工的来信来访，都坚持100%的口头答复和书面答复，在处理上依法、公开、公正，职工们对法院的工作也比较满意。破产企业的职工对法院的工作非常满意，没有发生一起因处理不当而引发的集体上访事件。

2002年，焦作万达橡胶有限公司因经营不善全面停产，近1300名职工生活没有保障，职工情绪大，多次集体上访，还出现聚众堵马路等一些过激行为。

市政府对此高度重视，将其列为焦作市18家特困企业之首。

2004年11月30日，焦作中院裁定宣告，焦作万达橡胶有限公司破产还债。

万达橡胶有限公司破产后，焦作中院迅速协调有关部门，从市财政局、市工商局、市劳动和社会保障局等14个政府职能部门抽调16名人员，成立了破产清算小组，对该公司进行了为期四个月的、全面的资产清理、审计、评估，并对债权债务进行了清查。

在清算工作中，市中级人民法院全面实行公示制度，对原企业职工劳动债权的确认全部公开。

企业破产后职工如何安置，这是如何处理好民生问题，也是企业破产最大的难点。按照法律规定，企业职工安置不属于法院审理破产案件的职责范围，但职工的安置又直接关系到社会稳定，影响企业破产案件的审理进程。

焦作中院从大局出发，在解决破产企业职工安置方面坚持"十六字"原则，即"加强沟通、妥善安置、快速高效、合理分配"，想方设法地促进职工安置问题的解决。

焦作是一个以煤炭为基础的资源型工业城市。以往这里的国企改制速度一直保持着和全国、全省同步。经过多轮改制，截至2005年，全市最后剩下22户市属特困工业企业。这些企业多数长期停产，资产负债率均在100%以上，最高的甚至超过了100倍。这22家特困企业共有在册职工1万余人，离退休职工5118人。由于没有工资和退休金，职工看病无处报销，经常上访，成为当地最大的不稳定因素。

2005年，焦作市决定对这22家特困企业进行彻底的破产、改制。为此，焦作市成立了以市委副书记为组长，市人大、市政府、市政协负责人为副组长的"国有特困工业企业改革脱困领导小组"。

领导小组经反复研究论证，并经市委、市政府研究同意，制定了以产权制度改革为中心，最大限度地盘活存量资产，最大限度地安置特困职工，最大限度地维护职工权益的破产。

经过一系列大刀阔斧的改革，焦作市全面实现了"企业问题稳妥解决，职工利益有效维护，闲置资产最大盘活，社会矛盾逐步化解"的战略目标，使焦作市的产业结构调整经历了最小的阵痛。

原焦作市委书记铁代生，对法院的工作给予高度评价：

> 法院坚持用公开促公正，保障了破产程序的和谐进行，为焦作的稳定与发展立下了汗马功劳，焦作中院的"无震荡破产"职工满意，市委放心。

通过企业改制扭亏为盈

重庆市洗衣机厂,从 1979 年到 1986 年 5 月,累计经营亏损达 124 万元,为其全部资产的两倍。

其间,上级工作组六进六出,都没有扫除它风雨飘摇的颓败景象。1986 年 5 月末,重庆市洗衣机厂被出示了破产警告"黄牌"。

与其他破产试点不同的是,有关方面决定,由经营出色的重庆洗衣机二厂承包对重庆洗衣机厂,即一厂的整顿工作。

二厂派人担任一厂厂长和一些主要领导职务,对机构设置、人事安排、劳动纪律、工资制度进行改革。同时,二厂的部分产品扩散到一厂。

根据承包合同,二厂对一厂的所有支援、资助,都是计价的、有偿的。如果整顿失败,二厂只负责赔偿一厂当年新发生亏损的一半,一厂原欠债务,二厂概不负责。

一厂作为独立的法人,一旦破产,其全体职工即转为待业,一年内每人领取月救济金 35 元,另谋职业。一厂在二厂的帮助下,6 月便扭转亏损,7 月便开始实现盈利。

连年亏损的太原市摩托车制造厂,在受到破产警告之后，全厂上下一心，"背水一战"，最终只用了3个月就开始扭亏为盈。1986年8月初，已偿还银行贷款10万元。

太原市摩托车制造厂，过去管理混乱、产品质量差、成本高、积压严重。从1980年至1985年，亏损达199万元，欠银行贷款和其他债款达200多万元。

1986年4月29日，太原市政府正式对这家企业发出破产警告。

破产警告震动了全厂干部职工，大家强烈要求用改革救厂治厂。在上级主管部门的支持下，以原太原锅炉辅机厂厂长王德强为首的新班子，在5月初承包了摩托车制造厂。

新班子上任后，端掉了分配上的"大锅饭"，明确规定，保质保量完成生产任务的职工才能拿到基本工资。超产提奖，欠产受罚，出了废品，按产品成本的一定比例对责任者罚款。

与此同时，还实行了原材料消耗、质量检验等25项严格的承包责任制。

制度一经制定，执行毫不含糊。

有个车工一天加工的零件全部是废品，以往这个厂对这种质量事故只是"睁只眼闭只眼"，从不深究。这次，新的领导班子照章办事，算清这个工人应该赔偿的损失，从他的工资中逐月扣回。

由于制度落实，严格管理，职工的劳动态度出现了明显变化，出工不出力、上班无故溜号的现象不见了。

太原市摩托车制造厂根据技术条件差，管理水平低的实际状况和市场调查结果，果断转产，迅速制成了厨房净化器、钢制散热器等新产品，打开了销路。企业也因此获得了明显的转机，焕发了生机。

贵州省安顺市镇宁黄果树窖酒厂是20世纪50年代初建立起来的国有中小型酿酒企业，组建于1952年7月。

1986年，黄果树窖酒厂贷款进行易地扩建改造。厂址位于镇宁自治县青龙山下，年生产能力3000千升白酒。

黄果树窖酒厂拳头产品"黄果树"牌系列酒，先后荣获国内外奖项30多个。1987年至2004年，共上缴利税8000多万元，为发展镇宁自治县工业经济作出了很大的贡献。

1995年后，由于市场、国有体制及历史包袱等原因，黄果树窖酒厂的经济效益大幅度滑坡。

截至2005年年底，累计亏损3000多万元。于2005年11月3日，依法宣告破产还债。

镇宁黄果树窖酒厂尽管宣告破产还债，但企业仍具有较强的再生能力，特别是所拥有的"黄果树"品牌，在黄果树旅游不断升温的新形势下，其无形资产发展潜力巨大。

镇宁黄果树窖酒厂申请破产还债后，镇宁自治县人民法院依法从镇宁自治县工商、经贸、发改、国土、人事、财政等11个政府职能部门，抽调11名业务骨干，组成清算组。

清算组把黄果树窖酒厂的破产改制与积极招商引资相结合，要求竞买人竞得的资产，必须用于生产经营"黄果树"牌系列白酒，并要求在"十一五"期间达到规定的生产能力，年上缴税金约2800万元，实现利润约1000万元。

改制后的镇宁黄果树窖酒厂，以原厂大部分职工投资入股的形式，组建成黄果树酒业有限公司。

改制使企业甩掉了沉重的债务包袱，重新轻装上阵，不仅带来了很大的经济效益，还带来了社会效益。改制后的黄果树窖酒厂属于劳动密集型企业，新增就业岗位200余个。镇宁黄果树窖酒厂终于又焕发了活力。

陕西破产企业重组上阵

在20世纪七八十年代,陕西作为在全国数一数二的"纺织大省",纺织业曾是全省第一利税大户、创汇大户。在1988年时,其总产值占全省工业总产值的14.5%,这个劳动密集型产业,曾在国家安排就业、出口创汇、解决民生等方面作出过突出贡献。

20世纪90年代中期以后,陕西纺织业开始出现连年亏损局面。尽管2006年是陕西纺织业近几年发展速度最快、经济效益最好的一年,但是,整个纺织行业仍处于亏损状态。截至2008年5月,陕西纺织行业规模以上企业亏损1.08亿元。

陕西唐华纺织印染集团有限责任公司由总部位于北京的央属企业华诚投资管理有限公司以承债方式,兼并原西北国棉三厂、西北国棉四厂、西北国棉六厂、陕棉十一厂、西北第一印染厂5家省属企业构成。

2008年7月22日,唐华集团进入政策性破产程序后,下划给西安市。

为了顺利实施唐华集团及其所属企业的破产工作,2008年8月,由市国资委出资设立了5家新企业,即西安三棉纺织公司、西安四棉纺织公司、西安六棉纺织公司、西安大华纺织公司、西安欣隆公司。

企业破产后，新设立的5家企业通过竞买形式，购得了破产企业的破产财产。

西安三棉纺织公司和西安四棉纺织公司甩掉包袱，轻装上阵，全面恢复生产；西安六棉纺织公司和西安大华纺织公司，积极研究重组改制方案，寻求新的发展方向；西安欣隆公司的前身是唐华一印，这个老工厂已转变成西安一个当代艺术区，即西安纺织城艺术园区。

短短5个月时间，陕西最大的企业破产案，就这样"搞定"了。

时任西安三棉纺织公司的副总经理张善营说："这次企业破产，从7月22日开始到12月8日法院裁定破产终结，整个过程不到5个月。这么大的破产案，这么顺利，这么快的速度是非常少见的。"

在唐华正式破产之前，西安市委市政府提出了一个口号：破产不停产，破产不破生产力。

但是，对一个正在进行破产的企业来说，要保证在破产期间生产经营活动的正常进行，又是一件难上加难的事。

在破产消息披露之后，唐华所属5家企业，除唐华一印外，其余4家均面临多重压力。首先是上游供货商断供，下游客户不下订单。

除此之外，水、电、气等部门也来催讨债务。旧的债务不清理，企业马上面临断电、断水、断气的危险，留岗的1万多名职工将无事可干！

情急之下，西安市委常委、常务副市长董军亲自组织供电局召开协调会，研究决定：

> 破产之前，企业所欠债务全部列入政策性破产债务，新的债务妥善处理。

会后，由市财政帮助企业交电费，解决流动资金问题，确保两条线作业：一条线走破产，另一条线走生产经营。

为了使职工正确理解政策，破产领导小组及驻厂工作组在第一时间深入职工当中做工作。对部分职工进行耐心的疏导工作。

原唐华集团总经理、现任西安四棉公司总经理顾宪详在厂办电视台发表讲话，要求职工保持清醒头脑，号召党员和生产骨干尽快回到工作岗位。

同时，在电视台开辟"政策性破产"和"问题解答"专题栏目，并将政策性破产宣传提纲的全部内容在公司的宣传橱窗公布。

三棉厂将厂里的广播放到大门口，逐条为职工宣读国家相关政策；通过厂里的闭路电视和印发学习手册等手段，对相关政策反复宣讲。

功夫不负有心人，转机终于出现了，越来越多的职工认识到一个道理：唐华集团的政策性破产，不是要解散企业，而是要通过机制转换、债务分解、重新组合，让企业以新的面貌轻装上阵，为现代化企业改制奠定了基础。破产，则意味着新机遇的诞生！

顾宪详说："破产，面子不好里子好。甩掉大批债务，再通过技改、研发高端产品和管理战略调整，以后肯定会比前10年更好！"

尽管充满了依依不舍之情，但上至企业高层，下至普通职工，大家一致认识到：

> 破产重组是企业的一次新机遇，破产更是企业甩掉包袱、轻装上阵的必由之路。

企业要发展，必须通过改制重新整合资源，必须进行技术改革，必须创新管理模式，依靠市场做大做强。

无锡中院引入重整制度

江苏高院高度重视当前宏观经济形势下，充分发挥重整程序功能的重要意义。2007年6月1日，开始实施新的《企业破产法》，引入重整制度，设专章专门规范濒临倒闭公司的拯救问题。

2009年年初，江苏高院出台《关于妥善审理破产案件维护经济社会稳定若干问题的讨论纪要》，以推动并确保全省重整案件的审判质量，实现保护债权、保证就业、保全产能、保持增长、促进利害关系各方共生共赢的社会整体利益。

2009年春节过后，无锡市德发印染有限公司剩余的债权人陆续拿到了钱款。至此，在无锡中院的全程监督下，濒于破产的德发公司基本对所有债权人的权益按照重整计划进行了清偿，重整执行进入尾声，迁入新址的企业获得"新生"。

创建于1998年的德发公司，是一家高新技术企业，注册资本1670万元，有在册职工400多人。

几年来，印染行业出口下降现象普遍，而德发公司75%的产品出口欧美。由于市场竞争激烈，企业经济效益逐年下降，致使企业管理、资金周转及劳资关系日趋紧张。

2006年9月，德发公司全面停产。由于不能清偿到期债务，在2007年1月，无锡中院正式立案，受理了德发公司破产案。

德发是印染行业，债权人有112家，除一家中国农业银行为国企外，其他债权人多是小型加工企业或个体户，经济实力薄弱，抗风险能力较差。

在得知德发被申请破产后，各债权人情绪均较为激动，数次有组织地到中院和市政府上访。德发公司带资安置了原国有破产企业无锡市印染厂的职工，国企职工的特殊身份使他们不愿接受企业可能破产的事实，也纷纷上访。

在深入调查研究的基础上，无锡中院发现，2007年6月1日开始实施的《破产法》中，关于重整制度的规定给德发公司带来了生的希望，也为该案各方矛盾的缓和提供了可能。

德发公司系多年经营并具有一定规模的企业，拥有较多成熟的专业技术人员，其进入市里的"退城进园"计划，实施搬迁后，亦可获得土地补偿款。因此，企业具有破产原因，但还具有再生的希望。

中院遂决定，试用新法，重整企业。

与此同时，在另一起公司破产案中，无锡中院也成功适用了重整程序，企业重整计划顺利通过，濒临倒闭的企业重获生机。

三、再获新生

● 乐都县天然气公司总经理王杰动情地说："多好的工人啊！他们用行动证实了我们提出的口号：靠自己的双手，找回自己的尊严。"

● 陈涌庆说："对撤并的企业不是简单地去'消灭'，员工、设备要给个软着陆，使生产要素合理流动，让企业在另一种条件下获得新生。"

● 马清刚说："这些再就业职工，在经历了一番波折后……格外珍惜现在的工作岗位，上进心和工作责任心比一般职工要强。"

农民承包国企扭亏为盈

1988年,唐山市开平区3个濒于破产的国营企业汽车运输队、电瓷厂、市劳教所三分厂,由开平镇的农民承包后,厂厂实现扭亏为盈。

同样的厂房、设备,同样的职工队伍,为什么到了农民手里会变得生机勃勃呢?

开平镇党委书记王永利把农民的"治厂经"归结为:

大胆改革,把乡镇企业的经营管理手段和国营企业的管理经验结合起来,给企业注入活力。

首先是改革分配,把"铁饭碗"换成"泥饭碗"。开平区运输队有职工50人,载重汽车16辆。原来管理混乱,工人干好干坏照样拿钱。仅1987年1月至10月,就亏损9万多元。

农民运输公司经理王立荣,在1987年11月1日承包了这个运输队,实行定额管理,单车核算,利润挂钩。规定完成定额发出车补助,超定额按比例分成。完不成定额扣工资。

同时,按车的收入、里程定量用油,节约奖励,超耗罚款。此外，还成立了修理班，把修车开支大小与个人收入挂钩，大大节约了开支。

由于健全了管理，奖罚分明，调动了职工积极性，提高了效益。过去跑长途到南京，往返一趟要20天，承包后只需五六天。承包的当月就扭亏为盈，1988年头三个月，完成产值27万元，获纯利3.2万元。

与此同时，大胆抓管理，提高产品质量。有350名工人的电瓷厂，自1976年以来，先后换了15任厂长。由于经营不善，到1988年3月，共亏损23万元。

1988年3月，开平镇农民开始承包电瓷厂，他们聘请一些国营大厂的管理人员和工程技术人员来厂进行"会诊"，提出治厂方案。

一是精简机构，把原来的12个科室合并为5个。科室人员由28人压缩为12人，充实生产第一线。二是对生产实行定额加计件管理，把工人的生产潜力发挥出来。厂里6个倒砖窑全部满负荷运转，在同等煤耗、工时的条件下，每班比过去多烧六七吨产品。三是各道工序严把质量关，产品质量明显提高，电瓷的合格率由承包前的90%提高到96%，耐酸砖的合格率由67%提高到83%。

他们还把仓库积压的产品分等归类，按质论价，很快打开了销路，企业出现了转机。

新的企业管理者还注重聘用能人，搞活企业。开平镇农民聘请了30多名大企业离退休的老师傅，以及一些懂技术、会管理的老干部，到他们承包的企业出谋划策，解决各种难题。

市劳教所三分厂生产铸件和各种金加工件,全部活路靠自己承揽。厂里聘请了一位机械厂退休的老厂长做顾问,每天派车接送,后来又花钱为他家里装了电话。

这位老厂长联系广泛,业务熟悉。仅20多天,就定下业务合同10多万元,保证了企业生产任务的后续,进而实现企业利润的增长。

采取私营企业租赁方式

原兰州平板玻璃厂乐都分厂，在资不抵债、濒临破产的严峻形势下，由当地政府出面协调，采取私营企业租赁的方式，使其起死回生，又现生机。

兰玻乐都分厂原属县办国有企业1987年建成投产。1992年，由西北最大的平板玻璃企业，兰州平板玻璃厂兼并，先后进行了三次大规模的技术改造，年产值5000多万元，产品销往西北各省及湖北、云南等地，还销往非洲的津巴布韦。

但是，从1997年开始，由于行业间低价倾销，竞争激烈，产品严重积压，加之企业本身机制不完善，管理混乱，多次停产。

2002年6月，兰玻乐都分厂完成了燃料煤改天然气的技术改造。但因操作不当，产品不合格率居高不下，欠天然气公司200万元之多。因此，被天然气公司发出了停气通知，使其雪上加霜。到2002年年底，共欠款达1.2亿元。

面对危机，县政府出面协调，从中"做媒"，由西宁银路城市燃气发展有限公司下属的乐都县天然气公司，在2003年1月22日，租赁兰玻乐都分厂，租期为一年。先安排270名工人上岗，待日后再逐渐安排。

该公司付租金330万元，用于发放待岗内退人员工资，偿还职工集资款、银行债务等。

天然气公司从四川自贡玻璃厂请来技术厂长、工程师等人，对现有工艺进行检修改造，在2003年1月28日投入生产。

在短短的十几天后，玻璃厂生产面貌便迅速得到了改观，达到日产3400平方米的历史最高纪录。

时任乐都县天然气公司总经理王杰说，租赁玻璃厂主要原因有以下四点：

一是燃料煤改气后温度稳定，产品质量可靠，符合环保要求。当时具备这种条件的，全国只有成都玻璃厂、自贡玻璃厂及乐都玻璃厂三家。

同时，玻璃厂又带动了天然气市场，使天然气公司有足够的资金帮扶玻璃厂。

二是通过技术改造后，"浮法工艺""一窑三线"等技术居全国同行业之首，有较强的竞争能力。

三是玻璃市场已走出困境，行情看涨，国家已淘汰了250多家小型平板玻璃厂，西北仅存两家，前景看好。

四是工人的素质好，这是最重要的。为完成技术改造，全厂职工在一年多没发工资的情况下，集资168万元，有人甚至到银行贷款。

当说到这里时，这位总经理动情地说：

多好的工人啊！他们用行动证实了我们提

出的口号：靠自己的双手，找回自己的尊严。

时任乐都县县长王朵云说，党的十六大提出要充分发挥个体、私营等非公有制经济，在促进经济增长、扩大就业和活跃市场等方面的重要作用，这个天然气公司租赁玻璃厂就是很好的实例。通过市场调节，让企业走出低谷，保持了社会稳定，企业得到了发展，是一举多赢的最佳结果。

王朵云表示，政府将在这方面进一步认真研究，搞好协调，让企业健康发展。

建立"新纺"盘活资产

新疆是产棉区,棉花质量好。1988年年底,自治区党委和政府专门召集全疆棉纺会议,明确提出,建立新疆纺织工业(集团)公司,将全疆主要的棉纺企业统一起来,形成规模效益。

1992年,自治区政府正式批准,对新纺下属的各企业的国有资产,授权由新纺集团公司进行统一的经营管理。

新纺集团1988年年底组建时,负债三亿多元,固定资产原值为1.5亿元,净值为8153万元。

经过集团公司的统一运作,到1994年年底,净值已达3.6亿元,增3倍半。1994年实现利润总额为5132万元,增两倍半。

新纺集团刚成立时,正遇上国家作出棉纺向西部产棉区转移的决策。新纺恰逢好时机,在1989年就开始总量扩张。

原属化工局的第二橡胶厂,背着600万元的债务,破产倒闭后,1000多人生活无着落。

为此,自治区政府考虑到,与其每年花一大笔钱养活该厂职工,还不如将其划归新纺,由新纺来盘活这部分资产。

新纺利用财政厅借给的4000万元资金，又外借800万元，购买了国产最先进的设备，仅用一年的时间就建成了白云棉纺厂。1994年，白云厂的利润达到了900万元。

白云厂初战告捷，紧接着于1990年在七一棉纺二厂扩建三万锭，其中两万锭关键部件牵伸部分从西德引进，其余部件用国产的，只花了引进设备五分之一的资金。加上原有的7万锭，二厂在一年之中迅速达到10万锭的规模。

新纺没有让二厂立即改造原有的7万锭，而是继续让其发挥效益，再用挣的钱逐步改造。这样，挣一笔改一批，既使老设备得到改造，又使企业有良好效益，不至于背着过多的贷款包袱。

让闲置资产活起来，经过更新改造的新纺各企业，形成了精梳和普梳针织纱的优势，成为新纺进一步发展的梧桐树，引来不少金凤凰。

1991年夏，台湾客商决定同新纺合资建针织厂。总投资100万美元，中方占54%股份的台新针织厂迅速建立起来，成为新疆第一家合资企业。见效益不错，香港一家针织公司也参股50万美元，并包销产品。

新疆原棉供应稳定充足，而新纺集团能够稳定提供优质棉纱，这两大优势也吸引了我国沿海许多企业的目光。

山东淄博兰雁集团，原是新纺的老用户，后与新纺各投50%合建了新鲁纺纱公司，筹备仅半年就试生产。不到一年，全部形成生产能力。

青岛毛巾厂和深圳一公司也在新纺投资，三方合建拥有4万针织纱锭的盛天棉纺有限公司。

这些合资和联营企业都是集团的控股公司，是集团直接核算的企业。由于其加工设备先进，把新纺核心企业生产的40%的初加工产品转化成高附加值产品，经济效益明显提高。

蚌埠破产兼并求发展

在计划经济体制下建立和发展起来的蚌埠工业经济，在改革初期，经历了一段为期不长的快速发展之后，便迅速地衰竭了。

到20世纪90年代初，蚌埠市的经济地位在全省从历史上的第二位跌落至中下游。

计划经济体制造成的两大弊病，横阻在蚌埠人面前。一是国有资产的凝固化；二是产业结构的僵化。前者使得有效资产不能从劣势企业向优势企业流动聚集，优势企业总是难以长大；后者使得新兴产业不能脱颖而出，落后老化的产业不能被淘汰出局。

面对严峻的局面，人们的思维发生了转变：必须跳出一厂一业的圈子，立足搞活全市国有经济的大盘子。

1993年，新组建的蚌埠市委、市政府班子达成共识：谋"生""死"之道，唯破产为要。恰在此时，国家把"优化资本结构"试点的政策投给蚌埠，蚌埠抓住了一个改革的好机会！

蚌埠市在实施企业破产中，特别注重遵循两个原则，即：上不能亏国家，造成国有资产流失；下不能损职工，造成失业增加和社会的不稳定。

蚌埠市采取的办法是，把依法审理的原则性、政府协调的权威性和政策运用的灵活性结合起来，尽可能降低破产、兼并的成本。

蚌埠市确立的目标，是通过实施企业破产，创造新的发展机制，促进产业结构的调整，实现增长方式的转变。

蚌埠实施企业破产，一开始就遭遇到下岗职工安置和破产企业的资产变现这两个难以解决的问题。市委、市政府的认识是，下岗职工和破产企业的存量资产都是可重组利用的宝贵资源。

为了解决这两大难题，蚌埠放弃了最初采用的那种"一步到位"的破产方式，转而探索，寻求走另一条路子。

蚌埠市第三毛纺厂，资产负债率高达148.6%，累计亏损近3000万元，已被纳入破产系列。

市政府在分析中发现，蚌埠市第三毛纺厂的设备、技术及产品都具有一定的先进性，工人素质不错，管理也有基础。在建厂初期无资本金投入、长期高负债经营，以及企业补偿机制弱化，造成了该企业的困境。

市政府组织银行、工商、税务、资产管理等单位共同磋商，提出对这家企业"先分后破"方案。即将企业总资产进行评估后一分为二，将其有效资产分离出来，重新注册一家新企业，财政部门注入一定的资本金，由原企业的最大债权人规定新企业的负债率，原企业的其他部分进入破产程序，清偿债务。

这个方案先后进行了 11 次修改，各方达成一致后进行操作。按这个方案，新企业负债率为 66.19%，保全了原企业最大债权人的利益。原企业职工经过部分分流后，绝大多数重新上岗。新企业在不长时间内就走上了正轨，并开始盈利。

蚌埠市还先后创造出"先出售抵押资产清偿银行贷款后破产""先破产后由优势企业整体接收""先破产后改制""全资全债全分立保优破劣"等多种破产形式，先后对全市的 23 家国有企业实施了破产。盘活存量土地 630 亩、存量资产 8 亿元，国有企业减债 8 亿元。

企业破产工作的成功探索，同时带动了与之相关的其他改革进程。

尽快把破产行为转化为发展行为。蚌埠的"优化资本结构"是从实施企业破产破题，文章主要还是做在产业、产品和企业组织结构的调整上。

蚌埠真正能在市场上打出名牌和规模的大企业没有几家，能支撑一方经济的新兴产业也没有几个。实施企业破产，存量资产的"死水"变"活水"，恰为发展优势企业和产业提供了良机。

蚌埠市的八一化工集团，前身是一个濒临倒闭的小厂。总经理路凤鸣上任 10 年，进行苦心的经营，将企业变为年产值 2.1 亿元、利税 4000 多万元的较大型国有企业。

在 1995 年，八一化工集团将本市两家尚有盈利的中型国有企业一齐兼并下来。当年就将企业主产的对邻硝新产品扩大了数倍，实现利税增幅高于速度增幅44.59%。

随后，八一化工集团依仗兼并形成的较大资产规模和高技术含量、高市场份额的产品，与外商各出资2.2亿元，组建了全国最大的对邻硝生产基地。

八一化工集团兼并扩张的经验给蚌埠市委、市政府一个启示：

> 如果把企业实施破产和壮大发展本市优势产业、企业结合在一起，可以有效地带动全市产业、产品和企业组织结构的调整，破产行为就有效地转化为发展行为了。

蚌埠染织厂是蚌埠市一家产品质量高、市场销售量大的骨干企业，1995年争取到数千万元的国家投资，准备对该厂一条生产线进行技改。

但是，蚌埠染织厂受周边环境及基础设施增容能力有限的制约，无法落实技改项目。

蚌埠市政府根据蚌埠染织厂的要求，从1995年实施破产的企业中为其选择了国有中型企业蚌埠印染厂，作为整体接收的对象。

蚌埠染织厂接收印染厂后，成立了蚌埠灯芯绒集团公司。在节省20%投资的基础上，提前一年完成了技改工程，并形成产出能力。

在蚌埠，已经崛起了多个有较大规模、产品先进、市场占有率高的企业集团，已形成产业升级步伐加快的发展态势。

这些集团中的大多数，都是在兼并、收购全市近半数破产企业、盘活其存量资产的基础上壮大起来的。

深圳石化改造获新生

1994年1月21日，美国著名印刷企业R.当纳利森公司的副总裁大卫先生将100万美元现金支票交给陈涌庆，以购买石化全资企业旭日印刷包装公司的商业信誉。

这是深圳企业无形资产首次作价转让，也是石化旭日商业信誉开始走向世界之日。

深圳石化公司由三年前债重如山、濒临破产到实现惊人一跳，三年跨出三大步，税后利润1991年7312万元、1992年1.192亿元、1993年1.51亿元。

石化公司曾因"管理乱、效益差、人心散"，声誉在深圳跌到谷底。

1990年8月，石化公司新领导班子重新组建，陈涌庆出任总经理，新班子立下军令状：3年时间，实现翻身，否则，自动辞职。

1991年1月3日，148名石化各个企业"领头人"汇集深圳海边小梅沙宾馆。这是石化公司成立以来的首次计划会议。

"石化已别无选择，"陈涌庆说，"债务如山，石化要么摘下牌子，破产消失，要么就'鹞子翻身'，迎头赶上。"

"消灭企业亏损，消灭亏损企业。"句句振聋发聩，不如此，企业绝无生路。

消灭企业亏损，是黄牌警告，限期整改。消灭亏损企业，是亮出红牌，的确不能扭转亏损的，无回天之术的企业，就地关停并转；企业经理就地免职，待遇同步下降；不留位子，不设摊子；两年内不得调离石化，两年后视业绩升迁。

当石化董事会决定一次推出10家"老亏损"企业进行"消灭"时，一下子震动了石化公司的上上下下。

陈涌庆说：

> 对撤并的企业不是简单地去"消灭"，员工、设备要给个软着陆，使生产要素合理流动，让企业在另一种条件下获得新生。

原先预计消灭10家亏损企业，要损失1200万元。由于资产运作得好，公司只亏了200多万元，一次性处理干净，保住了大部分国有资产，也堵住了亏损的"大漏斗"。

两个"消灭"唤醒了石化人。当年，全集团突破7000万利润预期指标，是上年的3.5倍。

他们抓住时机，及时进行了股份制改造，把石化这个国有企业改造成国家控股、外资和社会公众及内部员工共同持股的上市公司，在实行企业资本社会化、国际化方面迈出了实质性的一步。

陈涌庆抓企业的指导思想是：市场经济，瞬息万变；春潮秋汛，变幻无常，但集团内部要有一个有利于发展生产的小气候。

集团总部每年要为企业办几件实事，为企业生产经营排难解忧。集团总部的凝聚力和感召力在办实事的过程中增强了。

在商场，合同的履约是企业信誉的一种体现。为此，石化董事会强化集团化管理，建立的制度令人耳目一新：每日有调度报表；每半月有生产经营调度例会；每月有经济活动分析会；每季度一次经济责任大检查。

每天的运作和各企业经济指标都在集团大堂 0.33 米电脑屏幕上清楚显示，谁该加把劲了，都一目了然。

1992 年，石化集团整体效益突破 1 亿元利润，被评为全国质量效益型先进企业。

1994 年，中央一系列改革政策出台后，面对新的形势和新的挑战，石化人满怀信心，拉开了打好新一轮"攻坚战"的序幕。

淄博市组织失业自救

1994年,李明明所在的针织厂破产倒闭。那时,李明明万万也想不到,自己会成为一家医用器材厂的职工,并当上了脱脂棉车间的工段长。

李明明感慨地说:"是失业职工自救基地,给了我再就业的机会和施展才能的天地。"

作为山东省淄博市的一处失业职工生产自救基地,高青鲁侨医用器材公司此时接收安置的失业职工已占职工总数的80%以上。

时任高青鲁侨医用器材公司总经理的马清刚说:

> 这些再就业职工,在经历了一番波折后,对市场竞争的残酷性有深切体会,格外珍惜现在的工作岗位,上进心和工作责任心比一般职工要强。

在山东,淄博市是建立失业职工自救基地最早的城市。在1990年12月就建成了全省第一处失业职工生产自救基地。

淄博市政府的有关文件规定,安置失业职工占全部职工总数30%以上的企业,经市劳动就业服务机构批准,可作为生产自救基地，享受劳服企业优惠政策，并按失业职工每人 500 元的标准给予安置补助。

在"八五"期间，淄博市共投放 225 万元，在全市各区县建成失业职工生产自救基地 8 处，安置失业职工 1400 多人次。

失业职工生产自救基地的建立，为安置社会失业职工和破产、关闭企业职工再就业发挥了十分重要的作用。

1991 年 12 月，高青县麻纺厂关闭后，360 名职工失业，劳动部门投入 85 万元，建立了失业职工生产自救基地，即高青鲁侨医用器材厂。360 名失业职工全部被该基地接收安置。

高青鲁侨医用器材厂不断扩大经营路子，上规模、上水平，规范管理制度，现已成为国家定点生产医疗器械的专业企业。

1996 年，高青鲁侨医用器材厂资产达到 4800 万元，实现利税 310 多万元。更可贵的是，公司在 5 年间安置社会下岗职工 800 多人，创造了巨大的社会效益。

失业职工到一个新单位重新就业，对新环境的熟悉或许要有一段过程，但他们高度的敬业精神更令人刮目相看。在无工可做的那段失业的日子，下岗职工中的大多数人成长得更快、更强。

李明明到了新企业之后，工作格外努力，因此很快就被提拔为工段长。

在当"官"后，李明明又觉得自己的本事不够用了，于是便参加了好几个补习班。李明明说:"这工段长'官'不大,可自己哪方面差了都不行。"

建立失业职工生产自救基地,不但有效地开发了失业职工这一劳动力资源,保障了失业职工的生活,而且使失业职工在"基地"中通过创造新的经济效益,重新实现了自身的价值。

失业职工生产自救基地,成为企业改革的"减震器"。

淄博市在每个区县均建成了一处失业职工生产自救基地。

1996年,淄博市又投资100万元,增建了5处"基地",使1800名失业职工和富余职工得到了妥善的安置,为企业的振兴尽自己的一分力量。

破产厂长创建服饰品牌

1995年,石家庄国营丝绸厂宣告破产,担任制衣分厂副厂长的梁建忠与全厂2800名职工一下子丢了饭碗。

两年后,梁建忠不但创办了自己的企业,而且还打出了一个响亮的品牌:"雪狮龙。"

梁建忠毕业于唐山纺织大学,在上学期间,就曾夺得市服装展评会金奖。毕业后,梁建忠被石家庄市国营丝绸厂一眼相中。

上班不到10个月,梁建忠就被委以制衣分厂副厂长重任。然而,由于历史包袱过重,1995年4月,丝绸厂宣告破产。

梁建忠回忆说:"最初那些日子不知是怎么熬过来的,整个蒙了。好在我这人天生乐观,事事爱叫板。不过这次是和命运叫板。"

熟读"金利来""皮尔·卡丹"等一些世界知名服装企业创业史的梁建忠此刻暗下决心,要创办一个自己的"服装王国"。身无分文的梁建忠决定白手创业,先从服装代理起步。

1995年6月,怀揣从朋友那里借来的1000多元钱,梁建忠第一次南下广州。

在近一个月的时间里,梁建忠跑了几十家企业,最终有一家企业被他制订的营销计划打动了，聘他做代理。

而此刻，梁建忠已花掉了身上的最后一枚硬币。在火车站，梁建忠攀上了一个河北老乡，老乡为他买了张站台票，他才上了火车。

为了应付查票，梁建忠主动帮助列车员打扫卫生，并为她们画素描。当列车员知道梁建忠的情况后，把他带到了餐车。此时，梁建忠已经26小时水米未进了。

在这段时间，梁建忠曾先后为上海、广州、深圳和香港、台湾等服装生产厂家做过"代理"，足迹遍及大半个中国。

有人问梁建忠："你做'代理'赚了多少钱？"

梁建忠回答说："钱是赚了一些，但更重要的是赚到了一笔无法用钱买到的财富——经验。"

一年下来，梁建忠不仅走熟了服装代理门道，也对厂家产品的生产工艺、营销策略、市场行情摸得一清二楚。梁建忠的梦想终于有了依托。

传统制衣业走的往往是来料加工的路子。有的厂家生产了几十年，也没有自己的品牌，而梁建忠一起步就打出了自己的品牌。

创企业难，要创立一个品牌就更难。梁建忠敏锐地捕捉到了一个一点即破但多年来无人留意的商机：国内服装业立得起来的品牌已经很多，但在服饰行业，国内包括香港在内，除"金利来"之外，能够在国人中叫得响的服饰品牌寥寥无几。

● 再获新生

于是，梁建忠把品牌突破的重点首先放在服饰制造上。经过比较国内外几十种领带款式、图案、面料，又经过无数次修改、制作，1996年10月，首批由梁建忠担任设计、监制的领带终于面世了。

像给初生的孩子取名往往寄托着父母亲的全部期望那样，梁建忠为自己的领带取了个充满期望的名字："雪狮龙"，英文是"Chieflong"，意为"永远的首领"。

"雪狮龙"领带已经拓展出河北大部分市场，并在北京、天津等一些大中城市相继落脚。从领带、领带夹到西裤、牛仔裤，"雪狮龙"家族成员在不断地壮大。

联合破产企业重组集团

将分散在几个省的亏损、破产企业联合起来，组成新的生产集团，使各企业的存量资产得到流动和重组，优势互补，劣势转化，这是山西南风化工集团在国有企业改革中的一个成功尝试。

几年来，外商纷纷携巨资进占中国洗衣粉市场，国内原有的 10 家名牌企业，先后有 6 家与外商合资。

面对外商强大的资金和品牌支撑，为了在激烈的市场竞争中保护和发展民族工业，经山西省人民政府批准，由山西运城盐化局、陕西省西安市日用化学工业公司以各自主要生产经营资产出资，中国耀华玻璃集团公司等 3 家企业以现金形式出资，共同发起、联合组建了南风集团。

1996 年 4 月 5 日，南风集团在运城市正式挂牌。集团公司现拥有总资产 6.5 亿元，职工 9000 人。集团公司下辖西安南风日化和本溪南风日化两个控股子公司和一个合资子公司，即南风集团进出口公司。

集团公司的建立，使一个企业的优势成为整个集团的优势，一个企业的劣势在集团优势中得到了转化。

运城盐化局所拥有的盐湖是世界三大硫酸钠型内陆盐湖之一，是我国最大的无机盐工业基地，它可为集团提供最充足的优质原料。

盐化局采取独特的销售方式,在全国各地建立了85个直销点,产品一直供不应求,这就为其余两个子公司提供了很好的市场。

盐化局又是一个具有几十年历史的国有大型一档化工企业,具有丰富的经营管理经验,为加强集团公司的管理提供了保证。

而西安和本溪两个子公司,既有存量资产,又有名牌产品,还有比较雄厚的技术力量。只因缺少市场、缺少资金,一家亏损,一家破产。

集团组建之后,依靠优势互补,两家都迅速走出了困境,步入了发展的坦途。

南风集团组建之后不久,便展现出勃勃生机。运城盐化局1996年上半年实现利税已超过了前一年全年总额;西安子公司1994年亏损740万元,1995年又亏损400万元,全年总产仅1.8万吨,1996年上半年总产已超过了去年全年总产。

本溪子公司原是一个破产企业,盐化局将其收购后,日产洗衣粉已达到130吨,在改建扩建后,第一次达到了设计能力。

集团公司研制生产的"奇强"新一代洗衣粉、"中华"牌高档洗衣粉的质量已超过了同档次的产品。

集团公司以民族工业的独特优势,大力拓展国内市场,同时向国外市场进军。

各地实施再就业工程

在企业富余下岗人员中,女职工占了多数,社会上出现了一个寻找新工作的"嫂子"群体,她们在就业中既有短处,又有优势。

人们欣喜地看到,"嫂子"们在就业竞争中逐渐受到青睐。

工作了几年、十几年,成了家,做了妈妈,升到了"嫂子"辈。可是,劳动就业形势复杂,在产业调整、破产兼并、技术进步、合理裁员、农民工冲击、新增劳动力增加等综合因素作用下,劳动力市场趋紧。

1996年1月,劳动部在一份报告材料中说,近一个时期以来,"嫂子"辈在许多地区的许多行业"吃香"起来。

在杭州,全市最大的涉外宾馆黄龙宾馆,一次就招收下岗的纺织和机械行业的大姐30多名。

在山东淄博,淄博宾馆在招工时专招"大嫂",先后招了32名28岁到40岁的女服务员。

上海在招聘"空嫂"后,几万名下岗的"嫂子"被商业、旅游等热门行业聘用。

在大连,还出现了有的外商独资企业,在招收职工补充减员时,不论婚否,从大龄下岗女工中选人的现象。

广州市佳奇经济发展公司的唐正文认为，相对而言，大嫂在经验和责任心上有优势，而且有些商品如家电、食品等，由中年妇女介绍，更能给顾客以好感和信任感。

佳奇公司下属的百货公司，在招工广告显示：年龄最好不超过50岁。

"嫂子"再就业，也同时得到了政府和社会的特别关注。劳动部负责人表示，为下岗女工寻求新工作，已普遍列入各地"再就业工程"的重点工作。

如辽宁省就发出了《妥善安置下岗女职工再就业的通知》，要求建立企业裁减女职工需向妇联通报的制度。妇联还建立了培训女职工的技术学校和培训班，为下岗女工培训转岗转业的新本领。

广州市则成立了"金风计划办公室"，专门帮助下岗女职工重新就业。同时，不断探索下岗女工在商业网络中的再就业突破。

就业问题是关系职工个人利益的问题，更是一个社会问题。

面对企业出现的富余下岗和失业人员，在提出职工要树立新的择业观，适应社会主义市场经济用工体制的同时，更大量、更艰巨的任务是，社会应该为职工转变观念、妥当安置做些什么实质性的工作。

有8000多职工的哈尔滨亚麻厂，在激烈的市场竞争中加快了改革的步伐。

为了安排富余职工，哈尔滨亚麻厂成立了内部劳务市场和三产办公室，先后办起了小纺织厂、小服装厂、洗衣房、职工餐厅、小商店、工程队等实体，分流安置富余人员。

企业的下岗富余职工，除了退休和自动离厂的人员外，均有了新的就业岗位。

时任哈尔滨亚麻厂劳资处的处长说："厂领导对劳动改革的事重视，并有一套思路，即：小步快走，不搞运动性下岗，思想工作做在前面。另外，厂里这几年发展快，效益较好，有一定能力为体弱多病的富余职工创造就业岗位，如果让他们走向社会的话，有些人很难找到工作。"

下岗职工田莉和刘景东是两个身有残疾的青年，他们说："我们身体不好，多亏了企业为我们创造就业岗位。"田莉和刘景东，一个在厂里办的"三产"做坐垫，一个做衣服，生活有保障。

就业是一个社会问题，必须依靠社会力量进行解决，不能由原来的企业全部包下来，也不能由政府包揽下来。

在这样的指导思想下，哈尔滨市的"再就业工程"很快起步，形成了上下同心，企业、社会齐步共抓就业难题的环境。

1995年，哈尔滨市政府出台了《哈尔滨市全面实施"再就业工程"的若干意见》，对用好失业保险金、关停和破产企业的失业职工的救济和分流安置、扶持企业组织职工开展生产自救和转业转岗训练等稳定就业的政策，做了相应的规定。

鼓励企业的职工流动,进行多渠道就业,有一个重要的前提条件,那就是加快社会保险制度改革和住房制度改革。

一些国有企业的富余下岗职工,不愿离开本企业谋职,原因是国有企业"退休了有退休金,生病了有医疗保险",离开企业要交回住房、包括液化气罐之类的福利,这对不少职工来说,有一定困难。

为了改变这种局面,哈尔滨市首先加快了社会保险制度的改革。

1995年,哈尔滨市把养老保险的社会统筹的范围扩大到了私营企业和所有企业雇用的合同工、临时工。

在职工老有所养这一关键问题上,哈尔滨市拆除了不同所有制企业之间的隔墙,为富余职工和新增劳动力选择职业打开了一扇门。

富余职工在有了养老制度和社会保险制度的保障之后,便放下了思想包袱,轻装前进,积极地投入崭新的工作生活之中。

1998年5月18日,由中宣部、全国总工会组织的国有企业下岗职工再就业先进事迹报告团,在北京人民大会堂举行首场报告后,又赴天津、辽宁、吉林、黑龙江、上海、陕西、重庆、湖北等地进行巡回报告。

北京市聚福隆茶园的王兆兰、辽宁省本溪市宏达开发公司的董庚臣、上海市自力食用纯净水厂的蒋莎、湖北省武汉市连城木制品厂的王仁忠、天津市慧康托老院的张慧英等 5 位报告团成员的感人事迹，深深激励着广大下岗职工，催人奋进。

  这次巡回报告会，抓住当时国有企业下岗职工再就业这件头等大事，典型选得好，活动开展及时，对帮助下岗职工认清再就业形势、转变就业观念、增强再就业信心产生了积极的影响。

下岗工人向领导报喜

1997年2月17日,是农历正月十一。10时许,两辆挂着横幅的汽车,载着几十位喜气洋洋的下岗工人,徐徐开进了长沙市委大院,锣鼓声听起来十分悦耳。

原长沙市花岗石公司党委书记、现重组企业市石材有限公司经理杨容章当场宣读喜报:

一喜破产企业重组成功,今日挂牌获新生;
二喜生产自救初见成效扭亏为盈。

这份喜报,表达了280多名下岗职工的心声。

市花岗石公司是长沙市首家破产试点企业,在1994年6月6日破产后,由于地处偏僻等原因,企业重组一直未能成功。

1996年9月,两年的破产救济期限已超,下岗职工们展开了生产自救,但生产启动异常困难,尤其是产品没有市场。

在这关键的时刻,政府用市政重点建设形成的石材需求市场"支持启动",市委、市政府领导多次现场办公,排忧解难。

下岗工人们开展风险抵押承包改革,严格内部管理,奋力开拓市场，自 1996 年 10 月 3 日复工，至 1997 年 1 月底，创产值 130 多万元，实现利润 12 万元。重组企业也终于在春节期间获准登记注册。

喜从艰难而生。此时，杨容章声音哽咽起来，这位坚强的女经理眼里含着泪花说："这几年过年，我们下岗工人年年都来市里要钱要工作，只有今年春节好开心。大家要求向市委、市政府报喜，向各位领导拜年。"

时任副市长肖常锡说："谢谢你们为破产试点承受的磨难，祝你们转换机制，严格管理，发展壮大。"

早在 1996 年 8 月 29 日，湖南省人民政府将《湖南省"九五"时期经济体制改革纲要》（以下简称《纲要》）印发各行政公署，自治州、市、县人民政府，省直机关各单位。

《纲要》指出，企业改革全面推进，但机制转换缓慢。企业改革由减税、让利、放权转入机制转换、制度创新的新阶段。新的财税体制和财会制度规范了国家与企业的分配关系；55 户现代企业制度试点工作已经铺开；株洲、长沙市优化资本结构试点工作已经铺开；企业组织结构调整步伐加快，组建了一批企业集团，对 100 多户企业进行了兼并，上百户企业依法破产；中小企业推行了租赁、承包、股份合作等多种形式的改革，面貌有了较大变化。

《纲要》同时指出，国有企业面临的问题依然很多，政企分开的难度大，产权关系尚未理顺；产业结构调整步履维艰；相当一部分企业经营机制转换缓慢，生产运营困难，资产负债率高、亏损面大的状况没有根本性改变；各种原因形成的包袱仍然沉重……

基于此，长沙市委加大帮扶力度，使像市花岗石公司这样的企业走出困境，重新焕发生机。

靠市场搞开发赢得用户

当走进贵阳弘业纺织印染有限责任公司的织布车间时，只听得机器轰鸣，挡车工们有条不紊地在机台上操作着。

弘业纺织印染有限公司利用破产资产重组，通过制度创新、转换经营机制、建立多元投资主体结构，在2000年实现盈利129.75万元，工人的收入也大幅度增加。

贵州省一批类似弘业纺织印染有限公司这样的企业破产后，通过兼并、收购等方式进行资产重组，转换经营机制，强化内部管理，再次焕发了生机。

始建于1967年的清镇纺织印染厂，曾有过辉煌的历史。自建厂至1998年，累计创工业总产值12亿多元，创利润6000多万元，成为全省重点骨干企业。多次荣获部、省、市"双文明企业""先进企业""百强企业"等称号。

1991年后，因纺织行业重复建设，市场供大于求，加上企业内部管理等多方面原因，企业负债累累，连年亏损。1999年11月16日，经贵阳市中级人民法院裁定，终结破产程序。

利用原清镇纺织印染厂职工集资入股，新组建的多元投资主体构成的贵阳弘业纺织印染有限责任公司,利用国家纺织行业限产压锭的机遇,转换企业经营机制,以成本管理为中心,提质降耗,成立物资采购审核领导小组,制定管理制度,严格奖惩,实现了原料低成本投产。

自1998年8月至2000年年底,原料采购节资达500余万元。生产销售上严把质量关,实行以销定产,纱、布外观质量和物理指标经省测试中心检测合格率达100%,产销率一直保持在98%左右。

2000年,该公司完成工业总产值6874万元,销售收入4121万元,实现盈利129.75万元。

原六枝矿务局的职工,同样经历了一场破产的洗礼。拥有资产9.8亿元、职工2.4万人的原六枝矿务局是贵州省关闭资源枯竭末期矿山最大的案例。

1999年11月20日,六枝矿务局破产拍卖。贵州省煤炭实业总公司收购后,加大产品结构调整力度和项目开发。

2000年,实现销售收入3.3亿元,利税3100万元,利润208万元,职工充满了重获新生的喜悦。

深圳振业集团兼并董酒厂后,加大新产品开发,企业销售收入大幅度增长。仅1999年,企业销售收入就增长了3倍。

一批企业通过兼并、收购破产企业,实现了资源合理配置,壮大了自身的经济实力。

建厂 17 年，累计亏损 275 万元的长春市软装饰材料厂，在 1988 年一下变成了百万富翁。

1988 年 1 月至 11 月，这个厂产值达到 1200 万元，创利润 208 万元，交税金 55 万元，全员人均创利润 4200 元，名列全省纺织行列之冠，一举扭转了资不抵债的亏损局面。

时任厂长的华云秀说，他们靠的就是市场引导生产，增加有效的供给，高起点、高速度、高质量地开发新产品。

长春市软装饰材料厂当时是个只有 493 名职工的集体企业。这个厂从 1970 年建厂以来，17 年换了 10 任厂长，产品由纺织品换机械加工，翻来覆去改了 7 次厂名，但企业仍不景气。

到 1986 年，资不抵债，亏损 150 万元，已到了破产的地步。1986 年，新任厂长华云秀承包这个厂后，瞄准市场需要，开发新产品。

华云秀选准了投资少，见效快，市场需要量大，用途广，国内尚属空白的第三代纺织品"干式层压复合材料"，进行大胆引进和开发。

这种产品，既是汽车、飞机、轮船理想的内部装饰材料，也可做箱包、家具、鞋等产品的高级面料，质地美观耐用，市场竞争力很强。这项 20 世纪 80 年代的先进技术，他们从引进到投产只用了一年半的时间，产品被评为长春市最佳优秀新产品。

为了尽快打入市场，厂长华云秀亲自率领推销队伍，带着样品，走遍全国，向各地用户介绍自己的产品，让用户试用。

长春市软装饰材料厂还敢于保证，如果本厂产品质量赶不上进口的同类产品可以退货，达不到质量要求加倍赔款。

1988年，有几百家国营、集体、个体的企业前来订货，全国有20多个省市的50个汽车厂、100多个制鞋和家具厂采用了这个厂的新产品。在1988年11月的订货会上，两天就订出了286万平方米，超过了原定计划的两倍。

质量赢得了信誉，心诚争得了用户，市场的大门就此打开了。

退休女工让供销社盈利

全国各地基层供销社在改革改制、创新发展的艰难历程中，涌现出了许许多多热心供销社事业、懂经营、善管理、敢作敢为的供销社骨干。

张树英曾经是江苏省邳州市徐楼供销社的一名女职工。2002年，张树英办了退休手续。然而不久，张树英又毛遂自荐当上了供销社主任。

在张树英的带领下，徐楼供销社在三年的时间里，由一个濒临破产的穷社，一跃成为拥有资产近百万元，不欠任何职工工资、养老保险金，充满勃勃生机的基层社。

张树英从参加工作起就在供销社工作。1987年，张树英在徐楼供销社的一个商店里当营业员，由于销售业绩突出，很快就当上了门市部主任。一个10多人的小商店，在张树英的带领下，靠经营百货、副食等一些价格低廉的生活资料，年年都能超额完成社里下达的任务。

张树英的经营能力在实践中得到了锻炼，也获得了供销社的信任。当时，徐楼供销社还有一个批发部，每年经营亏损达6万多元。

社里领导经过反复思考，认为张树英能够扭亏为盈。于是，张树英又当上了批发部主任。由于张树英经营方式灵活、信誉高，对市场信息把握也准确，批发部每月销售额都突破了100万元。批发部所销售的烟酒、白糖、洗涤用品，还辐射到50公里外的新沂市、山东省台儿庄市等地。

1992年，供销社实行了承包经营，富有经商经验的张树英又做了第一个吃"螃蟹"的人，开始了自负盈亏搞经营。

在十年时间里，张树英天天起早摸黑，经营生活、生产资料等商品。到2002年，她的个人收益累计已达50多万元，成了当地闻名遐迩的"款姐"。

2002年年初，张树英办理了退休手续。但当她听说徐楼供销社唯一的营业楼要拍卖48万元，以偿还拖欠多年的职工养老保险金时，张树英再也坐不住了。

张树英马上找市社领导进行毛遂自荐，要当徐楼供销社的主任。已经退休了，有着丰厚的个人资产，经营业务还在扩大，为什么要干穷得"叮当响"的供销社主任呢？

张树英说："个人赚钱再多又算什么，如果眼看着供销社的牌子明天没有了，我这个喝供销社水长大的人，心里会多痛啊！"

徐楼供销社共有47名职工，经过民主选举，张树英以46张票当选供销社主任。谁也没有料到，张树英在办好退休手续后又重新回到了供销社。

面对徐楼供销社人心浮动、缺钱少物的情况，张树英没有什么豪言壮语。她的做法，就是实实在在搞经营。

有一年"三夏期间"，农民需要的香烟、洗衣粉比较多，商店没有货了，人手也少，张树英就自己骑着自行车到 25 公里外的铜山县泰山镇进货。

徐楼当地是大蒜农业产区，化肥、农药是主打商品。张树英不但做到供应品种齐全、质量优、价格低廉，而且还利用自己的良好信誉，与一些复合肥厂家达成进货先付款 50% 的协议。

张树英主动送货到农民家中，等农民出售农产品有钱了再付余款，解决了农民的后顾之忧。当地农民每年赊销的化肥，占整个销售量的一半以上。

张树英虽然富裕了，但是仍然过着俭朴的日子，而且还时常慷慨回馈农民。多年的时间里，张树英陆续捐赠给当地农民的财物有 20 万元之多。

由于张树英对供销社事业的突出贡献，2005 年，张树英被授予邳州市十佳基层社主任的荣誉称号，并先后多次荣获邳州市优秀共产党员、三八红旗手等荣誉称号。

破产重组打造新形象

2005年1月16日,由阜矿集团政策性破产的王营煤矿重组而成的股份制恒大煤业有限责任公司正式挂牌成立。

破产重组后,近2000名职工又重新上岗,做到了破产不下岗,使企业又重新焕发了生机。

阜矿集团原王营煤矿是1987年投产的,生产能力为年产120万吨的大型矿井。由于地质条件差,存在瓦斯多,发火期短,作业条件既艰苦又危险等问题,累计亏损7.8亿元,拖欠职工18个月工资,已扭亏无望。

经国家批准,王营煤矿政策性破产,重组为投资主体多元化的股份制有限公司,由阜矿集团、集团多种经营公司和原王营矿职工入股组成股份公司。

新组建的股份公司坚持"以人为本、安全为天、效益至上、造福员工"的宗旨,加快建立和完善适应市场竞争机制的法人治理结构和现代企业制度,以体制、机制创新促进企业发展。

公司以崭新的企业理念,力争打造一个新的煤炭企业。员工入股,真正成了企业的主人。

公司在用人上破除原国企用人机制,让能者上;在报酬上,将效益至上新机制兑现。

同时，公司还脚踏实地为员工改善福利待遇，每天让工人穿干净衣服下井，员工享受免费早、午餐。

同时，公司投资10万元，为员工建全省第一家"职工消费合作社"，把利润让给职工；修建142个房间为员工公寓，投资51万元改造工人浴池。

最重要的是改变生产环境，公司投资800多万元，实行适合地质条件的"兀钢铺网炮采放顶煤"新工艺，大大提高了生产能力。

黑龙江省汤原县，在推进县属企业产权制度改革上，态度坚决，慎重稳妥，取得了突破性进展，为全县经济腾飞奠定了基础。

1993年年底，汤原县属企业共有工业固定资产1.6亿元，工业负债1.4亿元，每百元固定资产负债率超过30%，每百元固定资产利税率不足10%。

对此，新一届领导班子在深入调查研究的基础上，确立了以扭转企业困境和提高效益为中心，切实转换企业经营机制，做好深化产权改革的总体思路。

以改革产权关系为重点，使所有制结构多元化，资产经营形式多样化。

1987年，汤原橡胶厂与省化工研究所联营生产甘油，因生产不佳，负债100多万元，其中欠省二轻厅21万元周转金。

因此，通过采取破产、租赁、股份制多种形式相结合的改革措施，组建了轮胎翻新厂、橡胶制品厂，为危困企业探索出了一条新出路。

汤原县本着既维护国家利益，又要保障职工利益的原则，在产权制度改革中，先改差的企业，不回避对破产企业的历史包袱和债务承担等棘手问题。在搞好资产评估、债务清偿的基础上，企业向主要债权人（银行）做财产抵押，而抵押财产不参与破产分配，这样使银行的利益不受损失。

破产后，企业全部债务结清，可重新租用银行所得的固定资产部分，轻装上阵。同时，还吸收社会法人股集资还贷，解决了长期为银行交利息的老问题，并把贷款变股本，受到了银行的欢迎。

到1994年，汤原县119户企业有87户进行了不同形式的产权制度改革，长期负债经营的5个亏损大户已消失。

扎实、稳妥地推进产权制度改革，给汤原县经济带来了新的生机。

本书主要参考资料

《大转变——国有企业改革沉思录》陈芬森著 人民出版社

《中国经济改革30年》王佳宁著 重庆大学出版社

《中国企业改革与发展案例》张承耀主编 经济管理出版社

《共和国经济风云》赵士刚主编 经济管理出版社

《鲤鱼跃龙门——中国企业改革备忘录》张承耀编著 经济科学出版社

《〈企业破产法〉的实施与问题》张小炜 尹正友著 当代世界出版社

《中南海三代领导集体与共和国经济实录》王瑞璞主编 中国经济出版社